WINGS・NOVEL

声を聞かせて③
精霊使いサリと魔法使いラルフの帰還

河上 朔
Saku KAWAKAMI

JN035528

新書館ウィングス文庫

SHINSHOKAN

声を聞かせて③
精霊使いサリと魔法使いラルフの帰還

目次

白銀(しろがね)
バクと呼ばれる存在。
エトに願われ、サリとラルフの
力を入れ替えた。
エト
精霊使いの少女。
白銀というバクを
呼び出した。
リュウ
精霊使い部気象課に
所属する公安精霊使い。
サリの数少ない友人。
カルガノ
ランカトル王国公安局総局長。
王都でのサリの後見人。
デューカ
ランカトル王国・現国王の王弟。魔物、
精霊などの蒐集癖《しゅうしゅうへき》がある。

ラルフ・アシュリー

公安局魔法使い部公安課に
所属する公安魔法使い。
サリと力を入れ替えられてしまう。

サリ・ノーラム

ランカトル王国公安局精霊使い部
公安課に所属する公安精霊使い。
ラルフと力を入れ替えられてしまう。

声を聞かせて

CHARACTERS

イラストレーション◆ハルカゼ

―続・魔法使いラルフの決意―

1

カルカ県東部、サノ村を見下ろすその山は、周辺の村人からはただ「山」とだけ呼ばれていた。本来は弄月山《ろうげつさん》という名があったが、子供たちは肝試《きもだめ》し山と呼び、その美しい名を呼ぶ者は誰もいないとも。化け物が住む山の頂《いただき》に登り月を眺めて楽しむことなどできないからだと、ある村人は吐き捨てるように語った。

サリが養い親と共に過ごしたというその場所にリュウが辿《たど》り着《つ》いた時、辺りは異様な雰囲気に包まれていた。

弄月山の山裾《やますそ》とサノ村の間には公安局とデューカの私設護衛隊の幕舎《ばくしゃ》がずらりと設《しつら》えられ、この地に派遣された局員たちや護衛隊の面々がそれぞれ山に対峙《たいじ》していた。そしてその様子を村人たちが心配そうに見つめるか、または、一体お前たちは何をしているのだと幕舎まで抗議に訪れ、局員たちに詰め寄っていた。

人に害為《がいな》す魔物、〝魂喰《たまぐ》い〟〝心喰《こころく》い〟に対処《たいしょ》するため、公安局が本格的に局員を送り込む前に、サリたちが〝魂喰い〟＝バクを解放できるよう、公安局局長カルガノは密《ひそ》かに使者を送り出した。

リュウは、魔物に異様な執着を見せる王弟デューカの配下である自由魔法使いのシンと精霊使いのスリを他県へと誘導する囮《おとり》となって（最終的には目的が露見《ろけん》し逃げられたが）、わずかな時間稼《かせ》ぎをした後、急いでサリたちの元へと向かったのだが。

サノ村に近づくにつれ、様々な噂《うわさ》がリュウの耳に入ってくるようになった。

（北の山で化け物が出たらしい）

（ああ、山に居座って動かないとか）

（昔もタド村で山を崩した奴《ヤツ》だそうだ）

（俺も同じ話を聞いた。仲間を連れて戻ってきたとか）

（私が聞いたのは子供が化け物を従えているという話だけど）

（子供の形をした化け物かもしれん。タド村の時もそうだった）

（サノ村の連中が化け物に吹っ飛ばされたらしいぞ）

（王都から化け物退治の連中が来ているらしい）

（昨日、山向こうの村を通っていったのを見たぞ。皆、黒い服を着ていた）

（化け物に対抗する不思議な力を使うらしい）

（公安魔法使いとかいう兵隊が王都から村長のところに来たそうだ。家から出るなと）

（じゃあ、やっぱり本当に化け物がいるんだね）

（恐ろしいねえ）

（だがその化け物退治の連中が俺たちの村を通っていったのはもう三日も前の話だろう。その後音沙汰《おとさた》がねぇってことは、まだ退治できてねぇってことなんじゃねぇのか）

（俺の弟がサノ村まで様子を見に行ったんだが、なんでもあの連中は山を取り囲んで右往左往しているだけらしいぞ）

（はあ？　どういうことだそりゃ）

リュウが王都ザイルを発《た》った後、三日の内には公安魔法使いと公安精霊使いがサノ村へ派遣されることはカルガノから聞かされていたため、公安魔法使いたちの姿が既にサノ村に在《あ》ることに驚きはなかった。

サノ村から山をいくつか隔《へだ》てた辺りの村々は、常《つね》にない事態に恐れと緊張を感じながらも、同時に好奇心も隠せぬ様子で、旅人だと告げるリュウにも身なりを見て、あんた街の人だろう、なにか知りはしないかと積極的に声をかけてきたり、または、化け物が出たのを知っているかとわざわざ話を聞かせてくれたりした。

つまりサリはバクを解放することができなかったのか。

だが、公安魔法使いたちが未《いま》だに山を取り囲んでいるという話が本当ならば、バクは〝処分〟もされていないということではないか。もちろん、デューカの私設護衛隊の面々もバクを捕えるため既に駆けつけていることだろう。

だとすれば、サリはエトとバクを守るため、あの山で公安魔法使いや公安精霊使いたちの手から、そしてデューカの私設護衛隊の者たちからも逃げ続けているのかもしれない。

想像するだけで眉間《みけん》に深い皺《しわ》が寄るが、舌打ちしたくなる気持ちを抑えてリュウはひたすらサリの住む山を目指した。そこにどんな結果が待っているにせよサリには味方が必要であったし、本当の意味でサリの味方になってやれるのは自分だけだとリュウは知っていた。

またリュウは、サノ村に近づくにつれ、精霊たちの声が極端に少なくなっていくことにも気づいた。

リュウがその声を聞くことができるのは水の精霊たちのみだが、彼らはお喋《しゃべ》りな質《たち》だ。風の精霊たちと共に多くの地を巡《めぐ》りながら、その場から動くことのできない土や岩、木々に自分たちの見聞きしたことを話して聞かせていると、サリから何度も聞いている。

バクが現れ、それを追って多くの人間がこんな辺鄙《へんぴ》な場所までやってくるような物珍しいできごとを、彼らが喋らないはずがない。

実際、サノ村まであと一日といった場所で、リュウは水の精霊たちのこんな会話を聞いていた。

――銀色の子は悲しそうだったね。

――でも小さいのは嬉しそうだった。

――うん。嬉しそうだった。

――小さいのが笑っていてよかった。

「……誰の話だ？」

銀色の子、という呼び名はサリの家で一度だけ見たバクの姿を容易に連想させられた。なのでひそひそと内緒話をするような声にリュウが思わず問いかければ、水の精霊たちは珍しく、ぴたりと会話を止めた。

しばらくリュウは息をひそめて待っていたけれど、その後、随分《ずいぶん》遠くから、

――人の子には内緒！

と楽しそうな声が聞こえたきりだった。

情報を得るためなるべく水辺を通り、可能な限り彼らの声に耳を傾けていたが、その声はサノ村に近づけば近づくほど、ほとんど聞こえなくなった。

――また人の子が来たよ。

――どんどん来るね。

――あの人の子、聞こえているよ。

――だから話しちゃ駄目だって。私たちの声が聞こえる人の子が今はたくさんいるんだから。

――ほら、静かに。静かにね。

――あの子のためだ。

リュウが弄月山を臨むことのできる場所に辿り着いた頃、不意に耳に入った精霊たちの声の意味を考えれば、彼らは自らの意思で喋ることを控《ひか》えているのだと知れた。

精霊が？　一体なんのために。

(なにが起きているんだ)

辺りは雲ひとつない青空だというのに、見上げた先に映《うつ》る弄月山は、その中腹辺りから頂までがすっぽりと不自然なほど濃い霧に覆《おお》われている。

公安魔法使いたちがバクを追い詰め、他へ逃げられぬように霧を発生させているのだろうか。だとすれば、あの霧の中で、今まさにサリたちは逃げ惑《まど》っているのかもしれない。

だがバクはエトを守るために特別な力を発揮《はっき》するのではなかったか。

デューカが開催した〝鑑賞会〟で、護衛の公安魔法使いや公安精霊使い、多くの鑑賞者が周囲を取り囲む中からエトを容易《たやす》く救い出し、サリとラルフの力を取り替えて姿を消してみせたというバクだ。

公安魔法使いや公安精霊使いがどれほどいようと、あのバクが力を振るいさえすれば、サリたちに大きな危険が及ぶことなどないとリュウは考えていたのに。

「一体、あそこでなにが起きているんです？　バクはどうなったんですか」

結局なんの情報も得られないまま、サノ村に辿り着いたリュウは、真っ先に公安局幕舎のうち、公安局の旗を掲《かか》げたひと際大きなそれに駆け込んだ。

カルガノから命《めい》を受け、サリたちにバクの解放を促《うなが》すための使者として真っ先にこの地を訪れた人物、魔法使いゴスと精霊使いイーラの姿がそこにはあった。本来ならば気象課の一局員に過ぎないリュウがこの場に派遣されることなどありえないが、カルガノより事情を聞かされていた二人はリュウの到着を今か今かと待ち受けていた。

彼らは王都守護を担《にな》っている中年のベテランパートナー局員で、今回の〝魔物処理〟の指揮を任されている。サリとラルフが自身の力を失ったデューカの〝鑑賞会〟では彼らも護衛を務めており、バクの姿を実際に見た人物たちでもあった。

仕事のために協力し合うことはあっても、理解し合うことは不可能とまで言われている公安魔法使いと公安精霊使いの中で、互いを信頼し合っていることが誰の目にも明らかな、稀有《けう》なパートナー局員でもある。

「なにが起きているのか、私たちにもまるで分からないの」

イーラは柔和《にゅうわ》な面《おもて》を曇《くも》らせて、自分たちは間に合わなかったと声を落とした。

「サリたちは未だあの山にいると思うわ。ただ、私たちはもうあの山に足を踏み入れることができないの」

「……どういうことですか」

「拒《こば》まれたのよ、〝魂喰い〟に」

意味が分からないと目を瞠《みは》ったリュウに、私が説明しようとゴスが切り出した。

遠目に見た通り、山はその中腹までは霧がかかっておらず視界も良好で、ここ数日で多くの人間が行き来している。公安魔法使いが簡単に整備したためか、山道も歩きやすい。リユウがこの村へ来るまでのいくつかの山道は、獣道《けものみち》かというほど粗末なものが多かった。それだけ元々この辺りは人の往来が少ないのだ。

だがそうして順調に山道を登り山の中腹へ差し掛かると、突如《とつじょ》数歩先も見えぬ真っ白な霧の壁が立ち塞《ふさ》がる。

霧の中に手を差し込むことはできる。なにかに触れることはなく、こちらを拒む刺激があるわけでもない。

足を一歩踏み入れることもできる。だが、その先へ歩を進めることができない。ただ同じ場所で延々と足踏みを続けるだけだ。

リユウは、えいやと顔も突っ込んでみたが、視界が白く染まっただけだった。

「本当に入れねぇんだな」

前のめりになって駆けるように足踏みもしてみたが、前に進む感触は微塵《みじん》もない。

少し考えてから木々の立ち並ぶ辺りを見回し、リユウは霧の壁に沿い山道を逸《そ》れて歩き始めた。

『我々は皆、山から弾《はじ》き出《だ》されたんだ。〝魂喰い〟にね』

ゴスは幕舎でそう語った。

ゴスとイーラがこの村に辿り着き、サリに会うために山へ入ったのは五日前のことだという。

『君も知っている通り、カルガノ局長は〝魂喰い〟を捕獲、処分することを望まれていない。そもそもが未知のものであるから、ろくな対策も立てられないまま局員たちを派遣することさえ渋っておられた。だからこそ我々をサリの元へ先行させたのだろうからね。だが、カルガノ局長も把握《はあく》されていない事態が起きていた』

努めて感情を乗せぬよう淡々と語るゴスの隣で、イーラの表情が歪んだことをリュウは思い出す。

カルガノはデューカに知られぬようにゴスとイーラを先行させたはずなのに、二人がサリに会ったその日、デューカの私設護衛隊もほぼ同時に山に現れたと言うのだ。

『あなたは、サリのここでの生活について知っていたのかしら』

イーラの言葉に、リュウは首を横に振った。

精霊使いの力があることで人とうまく馴染むことができなかった。カルガノの言葉やサリの態度から推測できたのはそれだけで、サリ本人にその詳細《しょうさい》について尋ねたことは一度もないし、サリも自らのことはほとんど語らない。

精霊使いへの理解がない場所で生きるとなにが起きるのか。リュウは王都に越す前に住んでいた街で殺されかけたことがある。だからサリに詳しい話を聞いたところで、胸糞《むなくそ》の悪くなるような話が出てくることは容易に想像がついたから訊《き》きもしなかった。

実際、ゴスとイーラから聞いた話はろくでもないものだった。

過去、近隣の村であった山崩れの話。それを引き起こした〝化け物〟。弄月山に捨てられた子供がその化け物だったこと。捨て子は呪術師に育てられ、呪術師の死後、姿を消していたこと。しかしその化け物が再び仲間を引き連れて山に戻ってきたのに只《ただ》ならぬ恐怖と不安を覚え、近隣住民のひとりが王都へ〝化け物退治〟の要請《ようせい》に向かったこと。その要請を聞き届けたのが、他ならぬデューカ本人であったこと。

『我々がサリと話しているところへ、突然サノ村の住人たちが手に武器を持って現れ、化け物退治に加勢すると叫んだんだ。なにが起きたのか理解ができないでいるうちに、王都へ化け物退治の要請に行ったという男がデューカ様の私設護衛隊と共に雪崩《なだ》れ込《こ》んできた。辺りはあまりに混沌《こんとん》とした有《あ》り様《さま》で、怒号が飛び交い、強い憎《にく》しみと恐怖の目がサリに向けられていた。つまりあの場には、〝魂喰い〟を求める連中と、サリ・ノーラムを〝化け物〟と認識し処分を望む連中がいたということだ』

ゴスはそこで一度話すのをやめて、ごつごつとした皺《しわ》の寄った右手で自身の顔を覆った。その下で深く溜め息をつく。

『ひどい光景だったよ、本当に』

ゴスを慰《なぐさ》めるようにその肩に触れ、イーラも同様に痛ましげな表情でリュウを見つめた。

『サリへの誤解があると理解して、その誤解を解こうとしたのだけれど、私たちの言葉は村の人々にはなにひとつ届かなかった。彼らは公安精霊使いというものの存在すら知らなかった。私たちを、サリを捕えに来た〝化け物退治〟の一員だと思い込んでいたわ。〝魂喰い〟の主人は近くの茂みに隠れていたようなのだけど、護衛隊に見つかってしまってね。逃げようとしたけれど叶《かな》わなかった。でも、私はあの子がサリを見つめたのを見たのよ。その時サリは、村の人々に捕えられようとしていたの。ラルフもね。あの子はその光景を見てなにか呟いたわ』

そうしたら来たの、とイーラは遠くを見つめるように言った。

『私たちが見るのは二度目だけれど、本当に美しい魔物ね。デューカ様ではないけれど、〝魂喰い〟という名は、私たちの心が奪われてしまうからそう名付けられたのかもしれないと思ったわ。恐ろしいという気持ちは少しもわかなかった。ほんの一瞬のことだったからかもしれないけれど、ただ見惚《みと》れてしまった』

魔物の手が掲《かか》げられたと思ったら視界が銀色の光に染まり、気づけば、イーラもゴスも、村人やデューカの護衛隊も、皆が山裾《やますそ》に放り出されていたという。怪我もなく、能力に問題もなく、本当にただあの混乱の場から放り出されただけ。

そうして見上げた山は霧に覆われていた。

慌ててもう一度山道を駆け上ったが、あの霧の壁に阻《はば》まれて、誰もそれ以上進むことは叶わなかった。

『つまり私たちは追い出されたのよ』

そう苦笑交じりに呟いたイーラの表情が、どこかほっとしているように見えたのはリュウの気のせいではないだろう。

リュウ自身も、肩の力が抜けるのを感じた。やはり、バクは主人であるエトやその護《まも》り手《て》であるサリたちを守ってくれたのだ。

『その後到着した局員たちとも霧の調査を行っているが、まったく立ち入ることができない。デューカ様の護衛隊も山への入り口探しに躍起《やっき》になっているようだが、我々同様成果はあがっていないようだから当面は放っておいてもいいだろう。問題は、サノ村の人々の精神不安だ。彼らの思い込みはあまりに強固で、山の外に放り出されたことも、山が霧に包まれたことも、すべてがサリ・ノーラムの仕業《しわざ》だということになっている。我々への不信感も根強い。頭が痛いが、こちらは放っておくわけにはいかないから、連日公安局について我々が説明をしているところだ』

村人たちは霧に包まれた山を見て畏《おそ》れを増長させ、早く化け物を始末しろとゴスたちに迫《せま》るのだという。彼らの言う化け物とはもちろん、サリのことだ。

込み上げてくる感情を呑《の》み込《こ》むため奥歯を強く嚙み締め、濃い霧の中に片手を差し入れながら、霧の壁に沿ってリュウは歩き始めた。

公安局局員やデューカの私設護衛隊の面々もこの霧の壁に沿って山を巡ったのだろう。歩行に邪魔な木々が掃《はら》われ、新たな道が壁沿いにできていた。お陰《かげ》で、随分歩きやすい。

背の高い木々とその枝葉の間から日の光が零《こぼ》れ落《お》ちてきて、視界がちらちらとする。鳥の声や葉擦《はず》れの音が響き、遠くで人の声がするのはリュウと同じく霧の周りをうろついているデューカの私設護衛隊の連中か、公安局の局員たちか。

この山で、サリはどんな風に暮らしていたのか。

十代の始めから王都で育ったリュウは、今回初めて東北の端までやってきた。ここは人家よりも圧倒的に緑が多く、人の気配よりも動植物の気配の方が多い。故郷は精霊たちの声がとても豊かだと言っていたサリの言葉を思い出す。サリのようにあらゆる精霊の声も聞き取れる人間にとっては、さぞかし騒がしい日々だっただろう。

それでいて、サリの淡々とした佇《たたず》まいと今のこの山は似ているような気がした。

とても、静かで。

「サリ!」

辺りに人の気配がないことを確かめて、リュウは霧の壁に顔を突っ込み、何度かその内側に向かってサリの名を呼んでみた。

向こうが拒んでいるのがサリとエトの〝敵〟だけならば、自分はこの霧の内に入れるのではないかと考えていたのだ。だが、リュウの呼びかけに返る声はない。それでも諦《あきら》めずに、リュウは熱心に呼び続けた。

最初は人が――特に私設護衛隊の面々に見つかるのを警戒して小声だったが、自分の声が辺りに響いていないことに気付いてからは大声で叫んでみた。

「サリ！　俺だ、リュウだ！　入れてくれよ」

不思議なことに、声は霧の向こうに吸い込まれていく。

だがやはり返ってくる声も、反応もない。この霧が外部の音そのものを遮断《しゃだん》しているのかもしれない。

リュウはふとそう考えた。

村人たちがサリを退治しようとやってきたのだ。さぞかしひどい言葉を投げつけられたのだろうし、恐ろしい思いをしたはずだ。その光景を見ていたエトの恐怖はどれほどのものだっただろう。

バクがエトやサリを守るためにこの霧を張ったのならば、霧の外の音が遮断されていたとしてもおかしくはない。

ゆっくりと霧の周りを巡っていると、リュウの足幅《あしはば》ほどの細い小川にぶつかった。霧の向こうから流れてきている。

その流れをしばらく見つめて、リュウはふと口を開いた。

「なあ、サリはこの中にいるんだろう。エトも、ラルフも。皆、無事なのか」

小川の傍《そば》にしゃがみこんで問うてみても、さあさあと流れる水音のほかはいつまで経《た》ってもなんの声も聞こえない。

「俺、サリの友達なんだ。サリを訪ねてきたんだ。あいつが元気かどうかだけでも教えてくれよ。心配してる」

もう一度、今度は両手を合わせて拝みながら頼んでみる。

「笑ってるかどうかだけでもいいから」

そんな仕草を精霊が理解するのかどうかはさておき、気持ちの問題だ。

だがその姿のままじっとしていても、やはり精霊たちの声は返ってこない。

『ここに着いた時には久しぶりに頭が痛くなるほど多くの精霊たちの声に囲まれて驚いたのだけど、山を追い出されてからは彼らの声がぴったり止《や》んでしまったわ。これも〝魂喰い〟の影響よね、きっと』

イーラは、風と水、土の声を聞くことができる精霊使いだ。

『彼らの声がしないと、世界が静かね。私たち、情報を得ることすらできない』

公安精霊使いたちの間でも動揺が広がっていると告げたイーラは、頭が痛いことばかりとこめかみを押さえていた。

絶え間なく流れる水音はリュウの耳にはよく馴染んだもので、けれどそれだけではひどく物足りない。水の精霊たちは際限なく喋り続けているものなのだから。

精霊の声が聞こえないと、自分たちはたちまち、こんなにも不安になってしまう。

「なあ、それじゃあもうサリたちのことはいいから、一言だけでもお前たちの声を聞かせてくれよ。俺が寂しいから」

漏らした呟きは本心からだったが、精霊たちの意思は固いらしい。

無愛想な水音だけを聞いていると本当に気持ちが落ち込みそうで、リュウはその場から立ち上がった。小さな小川を一足で飛び越え、再び霧の中に手を差し入れながら進んでいく。


――あの子は笑ってるよ。


微《かす》かな声が背後で響いたのは、振り返っても、もうとっくに小川が見えなくなった頃。

「……え？　おい、今なんて！」

聞き間違いかと振り返ろうとした瞬間、濃い霧がにわかにリュウの体を包み込み、反射的に逃《のが》れようと後ずさったが、あっという間に呑み込まれてしまった。

視界が真っ白になったのは一瞬のことで、眩《まばゆ》い光に目を開ければ、辺りは先ほどと変わらぬ山の中だった。

山道を大きく外れたその場所には木々が立ち並ぶだけ。だがここが壁の内だとすぐにリュウが確信したのは、先ほどまでは壁に沿って新たに作られていた道が消えていたからだ。

見知らぬ場所で下手《へた》に動くわけにもいかず、さてどこに進むべきかと辺りを見回していると、上の方から人が下りてくる気配。身構えたリュウの頭上に、男の声が高らかに響き渡った。

「精霊たちがやけに騒ぐと思ったら……リュウ、お前か！　来ると思っていたんだ！　待っていたぞ！　だがどうしてこんな所に。道に迷ったのか？　山道を外れすぎだぞ」

慣れた様子で山の斜面を下りてきたのは、外見の情報だけで見るならば、公安魔法使いラルフ・アシュリーのはずだ。だが、リュウの知るラルフ・アシュリーはリュウに対して満面の笑みを向け、間違っても「待っていた」などとのたまう人間ではない。

エリート公安魔法使いらしく公安精霊使いのことは決して対等には扱《あつか》わず、気象課のリュウなど、たとえ公安局局員として何年先輩であろうと歯牙《しが》にもかけない居丈高《いたけだか》で尊大な態度をとるのがラルフ・アシュリーの正しい姿である。

「誰だお前」

反射的に言えば、ラルフは一瞬目を丸くした後、はっと破顔した。

「相変わらず面白《おもしろ》い奴だな、リュウ。もう一度自己紹介からか？」

リュウの真正面に立ったラルフは、人好きのする笑みを浮かべたまま、昔からのよく知った友人のようにリュウの肩を小突いた。

「いや、本当にお前誰だよ」

あまりのことに全身が総毛《そうけ》立《だ》つ。

あの霧に呑み込まれたのだから、きっと自分は壁の内に招かれたのだろうと思ったが、勘違いだったのかもしれない。

世の中には真っ昼間に目を開けたまま夢を見る白昼夢というものがあるらしいが、どうやら自分はそれを見ているようだ。きっとそうだ。そうに違いない。早く覚めてくれ。

リュウは天を仰《あお》ぎ、木立《こだち》の合間から見える青空を虚《うつ》ろな目で見つめた。

——よかったね。

——会えてよかったね。

風に乗って聞こえてくる水の精霊たちの声は親切そうで、けれど多分にからかいを含んでいるようにも聞こえる。

エトを守る旅の間に、ラルフの人格が激変するほどのなにかが起きたのだろうか。それにしたって、リュウとは一度しか会ったことがないはずなのに、この態度はないだろう。

ラルフはそんなリュウの様子には微塵《みじん》も気づかない様子で、行こう、と山頂の方を顎《あご》で示す。先導しようと向けられた背に向かい、リュウは今度は真面目《まじめ》な顔をして問いかけた。

「なあ、お前誰なんだ」

「リュウ、さっきから一体なにをごちゃごちゃと言っている。おかしいぞ」

怪訝《けげん》な表情をして振り返ったラルフは、しかし腕組みして自分を値踏みするような視線を向けるリュウを見て、呆《あき》れたようにひとつ溜め息を吐いた。

改めてリュウの前に向き直ると、わざとらしく真顔を作った。

「一度しか言わないからよく聞け。俺は公安精霊使いのラルフだ。後輩の顔を忘れたのか？」

「よし偽物《にせもの》、正体見せろ」

「っ！　いきなりなにをする！」

にこりと笑って渾身《こんしん》の力で拳《こぶし》を繰り出したリュウに、ラルフの右人差し指が鋭く向けられた。

魔法が飛んでくると思い体がびくりと震えるが、リュウは目を閉じそのまま拳を振りぬいた。鈍《にぶ》い音と共に右拳が痛みを訴《うった》える。

魔法による衝撃は当然なく、目を開けると不意打ちを食らって左頬を押さえたラルフが地面に膝をついていた。

「貴様、いきなりなんの真似だ！」

直《す》ぐに立ち上がったラルフは、怒りに震える鋭い目をリュウに向け、やはり人差し指を強くこちらに向けた。先輩に向けるものとは到底思えない口調といい、こちらを憎々しげに睨《にら》みつける顔つきといい、これこそがリュウのよく知るラルフの姿と言えるものだった。なにより、

こちらに突き付けられた指先。

それは魔法を繰り出すためのものだ。

「……お前、やっぱりラルフなのか」

しみじみ呟けば、ラルフがかっと目を見開いた。

「さっきから何度も同じことを言わせるな。俺がラルフでなかったら、誰だと言うのだ！」

男の大声が辺りにこだまして、驚いた鳥たちが頭上で飛び立つ音が聞こえる。

「いや、だってお前がいきなり自分のこと精霊使いとか言うから」

ひくりと、男はこめかみをひきつらせた。

「公安精霊使いだが？　貴様、道中で頭でも打ったのか。さっきからなにをおかしなことばかり口走っている」

サリと力が入れ替わった時、あれほど耳に入ってくる精霊たちの声に苛立ち憤っていた男が、わずかの躊躇《ためら》いもなく自らを精霊使いだと称する様子に、リュウはわざとらしく口の端を上げてみせた。

「うん、おかしいのはやっぱりお前だな。一体なにがあったんだ？　公安魔法使い、ラルフ・アシュリー」

2

この山に辿《たど》り着《つ》いてから、驚くほどに穏やかな日々が続いている。

警戒していたデューカの追っ手がやってくる様子もなく、エトは緊張が解けてすっかり安心した様子で、子供らしい表情を見せるようになった。

逃亡中は決して傍《そば》に寄せようとはしなかった白銀《しろがね》を呼んだことも大きいのだろう。バクとエトは常《つね》に一緒にいる。

昨日は、風の精霊たちが教えてくれた、生まれたばかりの鳥の雛《ひな》を見ようと、エトと白銀、サリと共に小屋からは少し離れた沢の向こうまで行った。

エトが器用に木に登って鳥の巣を覗き込み、エトが木に登るのに合わせてふわりと宙に浮きあがった白銀や風の精霊たちと楽しそうな声をあげて笑った。奇妙な光景なはずなのに、至極《しごく》平和だと思えるのは自分がこの状況に感化されてしまったせいだろうか。

木から下りてきたエトに、サリも見てきてと言われ、少し考えるそぶりをしていたサリがよし、と木を見上げるや幹に足をかけてするすると登ったのには驚いたが、この山で育ったというのだからこの程度のことはできて当然なのかもしれない。

ラルフは王都育ちで、木登りなどしたことがない。

ラルフも！　とエトが期待に満ちた目でこちらを見上げるのを苦心して断っていたら、木から下りてきたサリが、今見たばかりの雛の様子を魔法で見せてくれた。

甲高《かんだか》い声でちーちーと餌《えさ》を求めて鳴く様は愛らしいと言えなくもないが、まだ満足に毛も生えておらず、ぎょろりと大きな目玉をした雛はラルフには不気味に思えた。

かわいいね、と同意を求めるエトに曖昧《あいまい》に頷きながら、持参した昼食を食べる。

バクというものは食事などしないものだとラルフは思っていたが、白銀はラルフたちと同じものを、興味深そうに、美味《お》しそうに食べる。そうしていると本当に人間のようだ。

姿かたちの美しさは人間のものとはかけ離れていても、主人であるエトに向ける視線はいつも慈《いつく》しみに満ちており、喜怒哀楽《きどあいらく》が豊かで、好奇心が子供のように旺盛《おうせい》だ。サリやラルフの行動を見て、必ず一度は自分もやってみたいと申し出る。力ある魔法使いの魔法を跳ね除《の》け、人を造作なく空間移動させてしまえるほどの力を持っているはずなのに、水汲《みずく》みや料理や掃除を面白《おもしろ》そうにやっている姿は無邪気で、ほぼ無表情で感情の起伏《きふく》の少ないサリよりもずっと人間味のある行動や表情をする。バクがこんなにも人間的な側面を持つというのは、ラルフは想像したこともなかった。

想像したことがなかったと言えば、エトに全幅《ぜんぷく》の信頼を寄せられているサリの姿も同じだ。

公安魔法使いというのは本来、国中の子供たちの憧《あこが》れである。だが、他人とつるむことをせずいつもひとりで独特な空気を纏《まと》っているサリは、どんな場面でも愛想笑いひとつせず、同僚たちのみならず、子供たちからも遠巻きにされる存在だった。

だが、エトは初めて会ったその日から、目を開けた雛が親鳥について歩くように、サリのことを信頼して離れない。まあ、あんなことがあっては無理もないだろうが。

魔法使いサリは、公安魔法使いの中では異端の魔法使いである。

精霊使いの養い親に山で育てられ、精霊使いに対する偏見《へんけん》をまったく持たない。精霊に対する知識は公安精霊使いたちよりも時に豊富で、魔法使いであるのに、魔法を日常生活で使うことがまったくない。

得意な魔法は幻影を見せたり、幻聴を聞かせたり、とにかく地味なものが多く、物を動かしたり、強制的に止めたり、人そのものに直接制限をかけるような魔法は滅多《めった》に使わない。

ラルフは、能力が遺伝する例は稀《まれ》にしかないと言われている「稀」な例の精霊使いで、代々ランカトル王国の王都守護の任を務める公安精霊使いを輩出《はいしゅつ》してきたアシュリー家の一員である。

この世のあらゆる精霊たちの声を聞く万能系精霊使いとして、自身の言うことをよく聞く、使い勝手の良い魔法使いを求めていた。

精霊使いと魔法使いは永遠に理解し合えぬ間柄《あいだがら》だ。ラルフがあらゆる精霊たちから拾う情報に異を唱《とな》えず、素直に受け入れ任務を遂行《すいこう》するパートナーとなる魔法使いを希望していたが、そんなラルフの願いを聞き届けてくれたのが公安局局長カルガノだった。

サリの後見人だったカルガノが、ラルフにサリを紹介してくれたのだ。

無愛想だが精霊使いの声に素直に耳を傾けるサリは、ラルフにとって使い勝手の良い魔法使いだった。

仕事以外ではろくに会話もしなかったから、サリがどんな人間なのか知りもしなかった。ところが、王弟デューカ主催の〝鑑賞会〟で、サリはとんでもないことをしでかした。

その日の鑑賞物であった魔物を呼び出す少女――エトを救おうと、他の魔法使いたちが魔物に放った魔法を妨害《ぼうがい》したのだ。

エトの入れられた檻《おり》の前に立ちはだかり、デューカに対してこんなことは今すぐやめろ、と怒鳴りつけた。エトは精霊使いだと。ラルフは慌ててサリを止めに走ったが、当然この行為はデューカの逆鱗《げきりん》に触れ、デューカは他の魔法使いたちにサリの排除を命じた。

向けられた魔法の衝撃から救ってくれたのは、エトが呼び寄せたバク――白銀だった。

気が付いた時には、ラルフたちは〝鑑賞会〟の開かれていたはずの王宮の劇場からサリの家に移動しており、白銀はサリとラルフにエトを守るよう伝え、託《たく》した。デューカたちが追ってくることを覚悟したサリは、エトを連れて故郷の山へ向かうことを決めた。

身を挺《てい》して自身を助けようとしたサリに、エトは最初から心を許していた。ラルフのことは当初、男性であることも手伝って恐怖心を抱《いだ》いていたようだが、同じ精霊使いということもあり次第に懐いてくれた気がする。逃避行の間のできごとは、あまりに目まぐるしく緊張感に満ちていて、どこか夢の中であったことのように記憶が曖昧《あいまい》だ。

だが、ラルフがサリとエトと三人で、デューカの手から逃れるためにここにやってきたことは確かだ。

ラルフにとっては恐ろしいほどに深い山中での生活は新鮮なことの連続だった。そして同じ精霊使いだというのに信じられないような境遇《きょうぐう》の中で育ってきたエトに対する思いは、日に日に深まるばかりだった。

かつて精霊使いは魔物と同列に扱《あつか》われていたと教師に教わりはしたが、王都ザイルで生まれ育ち、公安精霊使いが守護する都市で生きてきたラルフには、未《いま》だ精霊使いに対する理解が及ばない地域があるという事実が理解できていなかった。そんなことは遥《はる》か遠い昔のできごとで、公安精霊使いは職業としてとうに認められているものだと。

檻に入れられ、棒で小突かれ、殴《なぐ》られ、獣《けもの》のような扱いを受けるエトを目の当《ま》たりにして初めて、それが昔話ではないことを知り、知らずにいた自分を恥じた。

だからこそ余計に、今この地で初めて子供らしい表情を見せるようになったエトの日常を守ってやりたいとラルフは思う。

風の精霊たちの呼び声で目覚め、川に水を汲みに行き、水の精霊たちの噂 話《うわさばなし》を聞き、時々悪戯《いたずら》もされながら共に遊び、火を熾《おこ》して食事を作り、部屋の掃除をして、木々の声を楽しみ、岩の昔語りを子守歌に午睡《ひるね》し、月明かりでできる影を踏んで、遊び疲れた後信頼できる人々の傍《かたわ》らで眠る。

とても穏やかで心休まる日々。

だが、この生活の中でラルフが不意に感じる違和感は一体なんだろう。

朝、風の精霊たちが大きな声でサリとエトに加えて自分を呼ぶ声。

彼らはいつからラルフの名を呼ぶようになったのだろう。確かに、この山々には信じられないほど多くの精霊たちの声がしているが、ラルフに対してここまで親しげな様子は見せていなかった気がするのに。

久しぶりに帰ってきたサリの存在がよほど嬉しいのか、多くの精霊たちが四六時中サリの周りをうろついて話しかけている。サリは魔法使いで、その声に返すことなどないはずなのに、まるでサリが精霊たちの声を聞きとれるかのように話しかけるのだ。

ラルフやエトが彼らの声を伝えると、サリは嬉しそうに精霊たちに言葉を返す。その笑顔。

破顔するわけではないが、いつも無表情な人間が口の両端をほんのりと上げるだけでも劇的な変化に見えるものだ。それになにより目の表情が違う。やわらかで、白銀のように慈しみに満ちた視線をエトや精霊たちの集《つど》う方へ自然に向ける。

だがその笑顔を見る度《たび》、ラルフは不快な気分になる。

目の前で、確かにサリはゆったりと微笑《ほほえ》んでいるのに、本当は違うんだろうと詰め寄りたくなる瞬間がある。前はもっと、精霊たちと会話するラルフやエトを見て、サリは――。

脳裏に、口元は笑っているのに寂しげな目をしたサリが浮かぶ。そう、あんな顔をして。

「ラルフ、ぼんやりしてどうしたの」

脳裏を掠《かす》めたサリの表情を追いかけようとすると、白銀に声をかけられた。

いつの間にか真正面に立ち、ラルフを覗き込んでくる。ラルフと目が合うと、にっこりと微笑んだ。美しいバクがそんな顔をすると目の周りがちかちかするようだ。

「ねえ、火の熾し方をもう一度教えてよ。今度はうまくやるから」

「エトの方が上手《じょうず》にやるぞ」

「そう。じゃあ、エトに教えてもらうことにしようか」

にこりと笑いエトを手招きすると、エトが嬉しそうに白銀の元へ駆けてくる。

仲良く肩を並べて去る大小の背中をなんとなく見やりながら、魔法が使えたら火熾しなど簡単なのにと思っている自分に気付く。

無意識のうちに指先まで出して、その指先から白い光が飛び出す様まではっきりと思い描いているからお笑いだ。ラルフは精霊使いで、魔法使いではないのに。

だが、こんな思いをするのも初めてではない。

サリが空間に幻影を描き出すとき。エトに、魔法を使って珍しい鳥の鳴き声を聞かせてやるとき。何故《なぜ》か物申したくなる瞬間が多々ある。

力の出し方が強すぎるとか、感情にとらわれすぎて魔法を制御《せいぎょ》できていないとか、これ以上続けるとサリの体力がもたないとか、見ているだけで次々口出ししたくなる。自分は、魔法使いでもなんでもないのに。

それでも、はっきりとサリの魔法の使い方がおかしいと感じる瞬間がある。そうじゃない、と苛立《いらだ》つこともある。

「これ以上やればまた倒れるぞ。やめろ」

さすがにもう無理だと思った時には止めたが、サリは怪訝《けげん》な顔をしてラルフを見上げていた。

当然だろう。門外漢が口を出したのだから。

だが、意外にもサリは素直にラルフの言うことを聞いて魔法を使うのを止《や》めた。

「さすがパートナーだね。相手のことをよく見ている」

それを見ていた白銀がラルフを見てからかうように笑ったのには腹が立ったものの、パートナーとして二年も共に仕事をしているのだから、自然に相手の限度が分かってきたのかもしれないと思い直した。

それにしても、白銀にあの綺麗な顔で正面から微笑まれると、ラルフとて少し動揺するような、意識が飛ぶような妙な感覚がするから、ラルフは白銀と目を合わせるのが苦手だ。そのことに気付いているのか、時に白銀が嫌がらせのようにラルフの顔を覗き込んでくるから余計に腹立たしい。

毎日ラルフは精霊たちの声を拾うために山中を歩き、辺りに異変がないかを確認しているが、この山で自分がいつからこんなにもはっきりと正確に多くの精霊たちの声を拾えるようになったのか、不思議な気持ちになることもある。

何故なら初めて山々に足を踏み入れた際、ラルフはあまりの精霊の多さにその声を拾うことができなくなり、サリに注意されたのだ。耳が慣れるまでは、精霊たちの声を拾おうとするなと。直《す》ぐに慣れるから心配するなと言ったのもサリだったか。

サリは魔法使いのくせに精霊たちのことに異様に詳《くわ》しい。養い親が精霊使いだったというだけで、あんなにも精霊たちの声に詳しくなれるものだろうか。

山中の見回りをしたラルフが、どこそこの岩がこんなことを言っていたと告げれば、「ああ、あの岩は時々人をからかうんだ。昔からそうだ」と自分が聞いたことがあるかのように答えたりもする。

実際、サリが岩の声を聞く姿を想像してもあまり違和感を覚えないし、サリはエトと一緒によく大木の幹に耳を当てて目を閉じている。エトには木の奏《かな》でる音色《ねいろ》が聞こえているらしい。サリにはなにひとつ聞こえていないはずなのに、想像ができるような気がするという。

「それにこうしているとなんだか心が落ち着くんだ」

穏やかな顔で告げるサリを見ると、当然だろうという思いが込み上げてくる。

（だってお前は――）

「どうしたんだ、変な顔をして」

いつの間にかラルフの前に立っていたサリが不思議そうな顔をしてこちらを見ている。

「いや、なんでもない」

今自分がサリに対してなにを思っていたのか、思い出そうとしても脳内に靄《もや》がかかったようにうまく思い出すことができない。最近はこんな風にもどかしい気持ちになることが増えた気がする。

「みんなとここでいっしょにいられて、うれしい」

サリの元へ駆けてきたエトが、サリの手を握り締めてはにかむように笑う姿を見ていれば、この日々は間違っていないと思えるのに、繰り返されるあまりにも平和で穏やかな光景が時々夢のように思えて、その違和感がラルフを居心地悪くさせる。

なにかが引っかかるのに、なにに引っかかっているのかが分からない。もどかしい。

「ラルフ、もうすぐ夕飯の時間だよ。一緒に帰ろう」

銀色の長い髪をなびかせ微笑む白銀の顔を見る度《たび》、悪寒《おかん》と苛立ちが走るのはやはり相手が魔物だからか。

（――この無能者が！　いい加減に目を覚ませ！）

最近は夢の中で誰かがラルフに向けて怒鳴っているのを感じる。

初めて聞くはずなのに、よく知っている声。

目が覚めた時、ラルフは声の主《ぬし》を探して何故か咄嗟《とっさ》にサリの右手首に視線をやってしまう。そこには、サリが養い親から貰《もら》ったという黒い守り石が掛かっている。だが、あの黒い石はこれまでにただの一度も声を発したことがないというのに。

怒りに震える波動と怒鳴り声が、その黒い石から発されているような気がしてならず、ラルフはエトにもこっそり聞いてみた。

「サリの守り石は、もしかして喋《しゃべ》るのか？」

エトはつぶらな瞳をラルフに向けてじっと目の奥を見つめるようにした後、首を横に振った。

「スクードは喋らないよ」

エトが喋らない石の名をごく自然に口にしたことに、ラルフは気づかなかった。

「ラルフは、ここが楽しくない？」

エトが心配そうな顔をして聞くので、ラルフは先ほどのエトと同じように軽く頭を横に振った。

「悪くない。こんな生活は想像したこともなかったけど」

王都での日々を思い出そうとしてみたが、それはひどく遠いできごとのようで、うすぼんやりとした印象のまま消えてしまう。

「よかった」

小さいエトがほっと肩を落とす。ラルフの右手を両手でとって、子供のものとは思えないほど強い力でぎゅっと握り締めてきた。

「ここでみんな、ずっといっしょにいようね」

こちらを見上げる目にも、小さな手に込められた力にも、エトの切実な思いが込められていることを感じて、ラルフはああ、と頷いてやるよりほかなかった。

一緒にいてやろうと、ただその気持ちだけが強くなるのを感じて、そう思えば思うほど、デユーカも、王都も、公安局も、心の中から薄れていってしまう。

「大丈夫。ここにいたら、シロがみんなを守ってくれるから」

ぎゅっと、初めてエトに抱き付かれて驚いているうちに、エトも恥ずかしかったのかぱっと体を離すと小屋の方へ走っていった。

その背中を見つめながら、ラルフはふと眉間《みけん》に皺《しわ》を寄せる。

「それは俺の役目だ」

呟いた瞬間、靄のかかった脳裏がすっと晴れたような気がして、その奥に黒服を纏《まと》った自分の姿が見えたが、

「ラルフー！　早く帰ろう！」

こちらを手招きして叫ぶエトの声に、すぐにまたそれは薄靄の向こうに消えてしまった。

この山で、サリやバクと共にエトを守って暮らすのだ。

それが今のラルフに課せられた役目なのだと思いながら、何故こんなにも腑《ふ》に落ちない気持ちになるのか。

望んだ景色が目の前にあるはずなのに、どうしても心の底から喜ぶことができない。

何故。

胸の奥がちりちりして、理由の知れない焦燥感《しょうそうかん》に言いようのない不安がわだかまる。

小屋が見える場所まで歩いていくと、エトと手を繋《つな》いだ白銀がこちらを見ている。

逆光でバクの表情は見えず、ただラルフは背筋に悪寒が走るのを感じた。

傍まで近寄って見る白銀はいつもと変わらぬ笑みを浮かべてラルフを見つめているだけなのに。


——人が来るよ。

——サリの友達だって。

——ラルフのことも呼んでる。

——どうするのかな。

——どうするんだろうね。

——入れてやるみたいだ。

——あの人の子と話してもいいの?

——水の連中の声しか聞こえないみたいだ。

——なんだ、つまんない。


ラルフが風の精霊たちの騒ぐ声を聞いたのは、山の見回りをしている時だった。

白銀やエトたちから少し離れたい気分で、白銀が山の周囲に張り巡《めぐ》らした境界線が見える場所までひとりでやってきた。

外部からの侵入者を拒《こば》むためにと山の外周にぐるりと張り巡らされた霧の壁を見ると、バクの力の大きさを目《ま》の当たりにして驚くばかりだ。

公安魔法使いたちも目くらましに霧を発生させることは可能だが、これほど広大な範囲に発生させることのできる魔法使いはいない。たとえ一瞬発生させることができたとして、これを何日にも渡って持続させることなど不可能だ。

(俺だったら、あの杉の木あたりから向こうの杉の木までが限界か。高さも、ここまでは出せない)

近づくと頭上まで覆《おお》っているように見える霧の壁を見上げながら、そんなことを考えている。

あいつ本当にムカつくな、と握り締めた拳《こぶし》の痛みで我に返る。

またた。

また、自分が魔法を使えるような気持ちになっている。

だがラルフにはその思考を笑い飛ばすことがどうしてもできない。何故なら、その想像はラルフにとってあまりにも自然で鮮《あざ》やかでしっくりと馴染むからだ。

はっと溜め息をついた時、大きく風が吹き、精霊たちのざわめく声が耳に入ってきた。

(俺とサリの名を呼んでいる?)

エトの害になる者を白銀がここへ招き入れることはないだろうが、一体誰が。

精霊たちが騒ぐ方へ小走りに急げば、霧の壁のすぐ傍でつんつんと逆立《さかだ》った赤い髪の男が辺りを不審《ふしん》げに見回している。

その姿を見た瞬間、ラルフの脳内に男の情報が溢《あふ》れた。

あれは公安局気象課の精霊使いリュウだ。サリの友人で、精霊使いだから、ラルフの公安局における先輩にもあたる。

「リュウ!」

久しぶりに顔を見れば喜びもわくというものだ。

歓迎の気持ちを込めて名を呼んだが、返されたのは怪訝《けげん》な表情と「お前は誰だ」という失礼極まりない言葉だけ。その上、突如《とつじょ》拳で殴《なぐ》りつけられて憤《いきどお》るラルフを、リュウは再び殴りつけてきた。

「一体なにがあったんだ？　公安魔法使い、ラルフ・アシュリー」

ラルフにとっては、あまりにも耳馴染みの良い言葉で。

動揺して言葉を失ったのはわずかな間だったはずだ。

公安魔法使いラルフ・アシュリーと呼ばれて撃たれたような気持ちになったのも束《つか》の間、自分は精霊使いだという意識がたちまち脳内を覆いつくしていく。

「……なっ、にを、言っている。俺は公安精霊使いだ」

「おっ、今動揺したな。少しは覚えてるのか。なあ、俺お前みたいな後輩持った覚えねぇけど、今お前の中で俺との接点どーなってんの」

何故か目をきらきらとさせて、興味津々《しんしん》といった表情でこちらに顔を近づけてくるリュウに猛然と苛立ちを覚える。最初に会った時から、こいつのことは気に入らなかったのだ。

「サリの家まで俺を案内したのは貴様だろう」

答えると、リュウはほう、と感心したような顔をする。

「ま、そーだな。お前、あの時サリの家に何しに行ったか覚えてる？」

「なにって、見舞いだ。サリがバクにやられたのを忘れたのか」

口にして、違和感を覚える。

違う。白銀は、他の魔法使いたちの攻撃からサリとラルフを守ったはずだ。

いや、だが。

脳裏に浮かぶのは、ラルフが白銀に向けて魔法を放つ姿。その軌道《きどう》に躍《おど》り出《で》るサリ。白銀がラルフを見て微笑む姿。掲《かか》げられた手から放たれた光の前に気を失って……。

違う。何故精霊使いである自分がバクに魔法を放っているのだ。

「で？　お前が親切にサリの見舞いに行ったって？　お前はバクにやられなかったのかよ」

続けられた問いに、ラルフは沈黙する。

(やられた)

そう思ったからだ。

脳裏を過《よぎ》ったのは、王都にある屋敷の自室で、真昼間でもすべてのカーテンを閉め切り、枕を自身の後頭部に押し付けるようにしてベッドにうつ伏せ、シーツを被《かぶ》り、煩《うるさ》い黙れとなにものかに喚《わめ》き散《ち》らしている自分。

だが、そんなはずはない。

白銀はデューカの〝鑑賞会〟の会場からサリの家へと、ラルフたちを移動させたはずだ。そうして、そのままラルフたちはエトを連れてこの山を目指した。

いや、この記憶が確かならば、一体自分はいつリュウにサリの家まで案内されたというのだ。

サリの家まで連れて行ってやるから乗れ、と目の前に立つ男が有無《うむ》を言わせぬ口調で言ったのをはっきりと覚えているのに。

記憶が混乱し、心臓がどくどくと嫌な音を立て始める。

あの時ラルフは、急いでサリの家に行かなければならないと思っていた。耳元でわんわんとする騒音に耐えかねて、それでも、今すぐ確かめなければならないと。

(なにを)

「バクにやられてないなら、そもそもお前、一体ここまでなにしに来たわけ？」

「それは、エトを守るために……！」

これだけは確かだと顔を上げれば、リュウが目と鼻の先に顔を突き合わせてきた。

ラルフの答えに明らかに鼻白《はなじろ》み、眉《まゆ》をぴくりと上げた。

「前にも言ったよな。今のお前が、どうやってエトを守れるって言うんだ。足手まといになるだけだろ。現実見ろって」

ことさらゆっくりと、こちらを煽《あお》るようにリュウは告げた。

あまりの屈辱《くつじょく》に拳が震えるが、同時に、同じ言葉を確かに聞いたことがあると思い出す。

いつ、どこで、どんな風に。目の前がちかちかとして、頭が痛い。

それでもどうにかして記憶を辿ろうとするラルフの肩に手を置き、リュウが耳元でそっと囁いた。

「それとも、もう自分の力を取り戻すのは諦《あきら》めて、サリの力を乗っ取ることにしたのか？」

「貴様、それ以上俺を愚弄《ぐろう》することは許さん！」

かっと、全身の血が燃え上がるかのように怒りが体を貫いた。

リュウの胸倉を掴み、気づけば思い切り拳を振りかぶっていた。

地面に転がったリュウを見下ろし、ラルフは吼《ほ》える。

「公安魔法使いたる俺が、精霊使いの力を乗っ取るだと⁉　ふざけたことを言うのも大概《たいがい》にしろ！　俺は必ず俺の力を取り返す！」

ざっと、脳内を風が吹き抜けたような感覚。

これまで薄靄に覆われていた記憶が、俄《にわ》かに晴れ渡りすべてがくっきりと甦《よみがえ》ってくる。

公安魔法使いラルフ・アシュリー。魔物により自身の力をサリの力と入れ替えられ、精霊の声を聞くようになった。エトが魔物に願わなければ己《おのれ》の力を取り戻すことができないと知り、ここまでついてきた。

王都からの道中、そして山の中での生活に魔物の姿などなく、ラルフはエトとサリ、三人で日々を過ごしていたのだ。

それが、あの日、公安魔法使いたちや大勢の村人、デューカの私設護衛隊が山を登ってくるまでのできごと。

「……どういうことだ、一体」

自分を公安精霊使いだと信じ込み、それなりに整合性がとれるよう改ざんされた記憶を持っていたことに、ラルフは茫然《ぼうぜん》としてしまう。

「それは俺が聞きたい」

馬鹿力め、と赤く腫《は》れた頬をさすりながら身を起こしたリュウが、こちらを見上げて痛そうにしながらも笑った。

「久しぶりだな、ラルフ。目が覚めたみたいで安心したよ」

3

王弟デューカの私設護衛隊に属する魔法使いシンは、抑えきれぬ怒りをすべて込めて、そびえたつ霧の壁に向かい己《おのれ》の力を叩きこんだ。業火《ごうか》が風をはらみ、凄《すさ》まじい熱と勢いをもって霧の壁へと吸い込まれていく。

デューカの命《めい》に従い、カルガノの密命を受けているだろうリュウをうまく騙《だま》し、サリたちの元へ案内させていると思っていたのに、騙されていたのはこちらの方だった。

公衆の面前で公安局局員であるあの男を殺せば、さすがにデューカもシンを庇《かば》いきれぬと咄《とっ》嗟《さ》に思い己を抑えたが、へらへらと笑ったあの男を思い出せばはらわたが煮え繰り返る思いだ。

移動中、定期的にデューカへ報告を行っていたため、王都へ急ぎ戻るその途上で、サリたちの居所が分かったと知らせを受け取ることができたのは幸いだった。

しかし指定の場所へ精霊使いのスリと共に駆けつけてみれば、先着の護衛隊の隊員たちは魔物や魔物を呼び出した子供を捕えるどころか、奴《ヤツ》らが住まう山から追い出されて近づくことさえできないと言う。

更に水以外の精霊の声をすべて聞くスリが、山を見上げて眉《まゆ》を顰《ひそ》め、「精霊たちの声が不自然なくらいしない」と怯《おび》えたように呟いた。

これは、合流した護衛隊の他の精霊使いたちも一斉《いっせい》に口にしており、未知のできごとに動揺を隠せない様子だった。

王都守護に就いている公安魔法使いゴスと公安精霊使いイーラが、こちらの監視を兼ねるつもりだろう、共に協力してことに当たろうと言ってくるのに適当に返事をし、公安局の局員たちが揃《そろ》う前に霧の壁を突破することを護衛隊の面々で取り決めた。

デューカより派遣されていた護衛隊の総数は魔法使い十五名、精霊使い五名の計二十名。五名四組ずつに分けて霧の壁を調べさせることにしたものの、まったく有用な報告は上がってこない。

なにが起きるか分からないからと最初は魔法を霧の壁に放つのを躊躇《ちゅうちょ》していたが、攻撃力の弱い魔法から少しずつ威力《いりょく》を上げていくうちに、どれだけ威力を高めても霧の壁が魔法を吸い込むばかりだということが分かった。

二日遅れで公安局の魔法使いや精霊使いたちが到着すると、シンたちは山での行動範囲を大きく制限されることとなった。持ち場を分担しようとゴスが提案し、それにシンたちが頷こうと頷くまいと、公安局局員たちもまた霧の壁を調べるために山中をうろつき始め、一部の局員たちの行動は明らかに護衛隊の動きを監視するための牽制《けんせい》でもあったため、シンたちは非常に鬱陶《うっとう》しい思いをする羽目になった。

シンとスリはその現場を見ていないが、魔物の姿と力を目《ま》の当たりにした護衛隊の面々は日に日に不安が増していくようだった。まず、精霊使いたちが精霊たちの声がまったく聞こえないことに怯え、山中を歩くことを嫌がるようになった。魔法使いたちも、霧の壁に向かい力を放ちながらも、いつまた突然、銀色の光がこちらに向かってくるかもしれないと緊張している。

魔物を直接見ていないシンには同僚たちが過剰《かじょう》に緊張する態度ですら苛立《いらだ》ちの原因となり、ひとりで山中を歩き回り、壁の内にただ閉じこもっている相手のなにが恐ろしいものかと、己の力を霧の壁へと叩きつけている。

だが、結果は何度やってみても同じ。

一帯の木々が吹き飛びそうなほどの暴風も、影さえ残りそうにない炎も、細く縒《よ》り合《あ》わせて矢のような鋭さを持たせた水も、一抱《ひとかか》えもあるほどの岩も、投げつけたすべては霧の壁にすると吸い込まれ、呑《の》み込《こ》まれてしまうだけだ。

しんと辺りが静まり返り、頭上から鳥たちののどかな鳴き声が響く度《たび》、魔物が自分たちを毛ほども気にしていないと言っているようで更《さら》に憤《いきどお》りが増す。

どうやら壁の内にこちらから入ることは叶《かな》いそうにない。しかしデューカからは連日、魔物は捕まえたかと催促《さいそく》の使いが来ているのだ。

立ち入ることができないならば、向こうから壁の外に出てくるよう仕向ければいい。

護衛隊員の話によれば、魔物が霧の外に追い出した面々の中にサリとラルフの姿はなかったという。実際、公安局の幕舎を見て回ったがふたりの姿はなかった。魔物と共に彼らもこの霧の壁の内に留まっているのだろう。

サリがこの周辺の村人たちから化け物扱《あつか》いされ、護衛隊が「サリ」を退治するためにデューカによって派遣されたことも聞いている。

公安局の幕舎には、早くサリを捕まえろと連日のように村人たちが抗議しに訪れている状態で、危険回避のために局員が村人たちに山への侵入を禁じたことも、相当な不満となっているようだった。

シンは山を下りると、スリを使いにやってひとりの男を護衛隊の幕舎に招いた。

王都まで、化け物退治の依頼にやってきた男イジだ。

デューカの護衛隊と共にこの村へ戻ってきたイジは、山から放り出された後も護衛隊に早くサリを捕まえてくれと何度も縋《すが》り、鬱陶《うっとう》しく思ったシンが公安局の局員に訴《うった》えるように言って追い払っていたのだ。化け物退治の陣頭指揮《じんとうしき》をとるのは公安局だ、と告げて。これは事実だ。

今日も公安局の幕舎へ赴《おもむ》き、サリがいかに危険な化け物であるかを語っていたらしい。

温厚なゴスやイーラも、さすがに同僚を貶《けな》し続《つづ》けられる不快感を隠さなくなっているようで、サリが公安精霊使いであることを説明した後、早々に幕舎から追い出すようになっている。

もちろんイジはサリが化け物であると固く信じており、自身の期待とはまるで外れた反応を示す公安局の局員たちに強い不満と不審を抱《いだ》いているのが簡単に見て取れた。

「あいつら、化け物の恐ろしさがなにひとつ分かってやしないんです」

スリに連れられてきたイジは、目をぎらぎらとさせてシンに訴えた。その目には異様に昏《くら》い光が灯《とも》り、イジが口を開くごとにどす黒い怒りが辺りに撒《ま》き散《ち》らされていく。

スリはあからさまにイジに対する嫌悪の視線を向けていたが、イジは周囲の様子にはなにひとつ気づいていないようだった。

「このままじゃ、あの山は化け物に乗っ取られちまいます。ここの村のもんだって、安心して暮らせやしない。なのにあいつら、サリは化け物じゃねぇって、まるで見当外れなことしか言わねぇんです。俺がなんのために王都まで助けを求めに行ったのか、百回も説明しているのに！俺の村はあいつに埋められたんです。この村だって、いつ山崩れを起こされて埋められるか分かんねぇんですよ。なにが公安精霊使いだ。サリが、あの化け物がそんなもんのはずがねぇのに」

理想的な憎悪だとシンは思った。

じっくりとイジの話を聞いてやり、適当に頷いてみせる。ただそうするだけで、イジは勝手にサリへの憎悪を語り、語ることで更に憎悪を募《つの》らせ、目の光を強くする。

「どうか、どうかあの化け物を俺の目の前から消してください。墓の下の妻や子供たちを安心させてやりてぇんだ。お前たちを苦しめたあの化け物がやっと消えたからと、伝えてやりてぇんです」

最後には涙ながらに男が訴えるのを聞き終え、シンはおもむろに、申し訳ないと丁寧に頭を下げた。

「我々の力が及ばぬばかりに、只《ただ》ならぬ心労をかけることになり本当に申し訳なく思っている」

それまで鼻息の荒かったイジは、シンの態度に恐縮したように姿勢を改め、こちらも頭を深々と下げた。

「いえ、あの、俺の話を聞いてくださり、ここまで人を派遣してくださっただけでも、本当は感謝しなけりゃならねぇってことは分かってるんです。でも……」

「我々としても次の手を考えているところなのだが、さすがに山を焼くわけにはいかぬし、奴らを誘《おび》き出《だ》す策を考えあぐねているところだ」

「山を……ですか」

シンのなにげない言葉を、イジは正確に拾った。驚いたように顔を上げたイジに、シンは冗談だと口の端を上げてみせる。

「化け物が住み着くまでは、弄月山《ろうげつさん》は村人たちが月見を楽しむ山だったのだろう。この山で育ったサリにとっても思い入れがある場所ならば、火でも放てば慌てて飛び出してくるかとも考えたのだが、お前たちの大切な山を焼くことなどない。安心してくれ」

「……ああ、はい」

「なにか化け物を誘き出せそうな良い策が思いつけば、遠慮《えんりょ》せずに我々に進言しにきてほしい。我々も引き続き化け物を捕獲する努力を続ける」

茫然《ぼうぜん》とした顔つきになったイジに幕舎から出るよう促《うなが》したシンは、すぐに、イジに見張りをつけるようスリに言い渡した。

「……火を放てば……出てくる……」

口の中でぶつぶつと唱《とな》えながら歩くイジの目は、霧の壁が中腹に立つ山へふらりと向けられ、再び昏い光を強く灯し始めていた。

デューカの私設護衛隊はデューカの指示の元に動くが、国の法を犯す権利までは当然持たない。多少の越権行為はあれど、超法規的な動きを繰り返せば、組織が解体されることをデューカは理解している。

今回護衛隊はイジの要請《ようせい》があって魔物討伐《とうばつ》のために急ぎ派遣されたが、公安局が到着して以後は表向きは共に魔物の捕獲、または処分にあたることになっている。

本当ならばすぐにでも自ら先頭に立って山裾《やますそ》から順に山を焼き、霧の壁の内に隠れている面々を引きずり出したいところだが、そんな許可は決しておりないだろう。

(さて、うまく働いてくれよ)

シンは薄《うっす》らとした笑みを浮かべ、午後のやわらかい光の中、前のめりに曲がった男の背が小さくなっていくのを幕舎の外に立ち最後まで見送った。

「五日⁉　あれから五日も経《た》っているのか⁉」


リュウに窘《たしな》められ、ラルフは思わず背後を振り返り、辺りを確認した。

「声がでかい」

二人は未《いま》だ、リュウが入ってきた霧の壁の傍《そば》で座り込んでいる。

この霧の壁の内が魔物の領域であるのならば、リュウが入ってきたことは当然承知であろうし、逃げ隠れしたところで無意味だと二人の間で結論付けたのだ。

偽《いつわ》りの記憶の中、リュウを先輩だと信じていた感覚が残っているのか、はたまた、あまりに衝撃的な再会に感情が麻痺《まひ》したためか、初対面の時に感じた嫌悪はもはやなく、ただ仲間が訪れたような気分になっているのが不思議だ。

座りやすい木の根に掛けて、ラルフはリュウからこれまでに〝外〟で起きたことを聞かされたところだった。

――でかいんだよ。

――でかいでかい。

――態度もでかい。

先ほどまでのぼんやりとした意識の中で聞いていた声とは段違いにはっきりとした精霊たちのからかいの声。きゃらきゃらという笑い声と共に、吹いてきた突風がラルフの髪をかき混ぜていく。

「やめろ！　……どうしてあんなにはしゃいでいるんだ」

いつもであればサリやエトにするような真似を風の精霊たちがするものだから、ラルフが困惑して思わず呟けば、胸元から冷たい声がした。

——あなたの目が覚めたからでしょ。

「ジーナ……お前、怒ってるのか」

エトがくれた水色の石は、偽りの記憶の中でただの一言も喋《しゃべ》らなかった。というより、ジーナという名があることもラルフは忘れていたし、水色の石はただの守り石で、声を発することなど考えもしなかった。

——ちょっと心を弄《いじ》られたくらいで私の声を受け取らなくなるなんて、どうかしてるわ。

相当怒っているらしい。

「ジーナ、わざとじゃないことくらいお前にだって分かっているだろう」

石を持ち上げて慌てて言えば、リュウがにやにやとしている顔が目に入りラルフは口を噤《つぐ》む。

「いいぜいいぜ。きっちり弁解しとかなきゃな」

ひらひらと手まで振られて、これ以上話せるはずもない。

機嫌を直してくれと宥《なだ》めるように握り締めた石を親指の腹で撫《な》でたが、ジーナはふん、と呟いただけだった。

「綺麗な石だな。随分《ずいぶん》お前のこと心配したんじゃないのか?」

石の声が聞こえなくとも、精霊のことはさすがにリュウの方が詳《くわ》しい。ラルフの言葉から、なにがあったのか察したのだろう。

――あら、いい人ね。あなたも彼の言うことをよく聞くべきじゃない? 初めて外から入ってきた人だし。

リュウの誉《ほ》め言葉にジーナはわずかに機嫌を直したらしく、つんとした声のまま告げてきた。

「悪かったと言っているだろう」

――今初めて聞いたわ。

声は澄ましたままだったがどこか笑い交じりだったので、ラルフは密《ひそ》かにほっとした。

本当に久しぶりに彼女の声を聞いた気がする。そのことに懐かしさを覚えるくらい、いつの間にかジーナの声が傍に在《あ》ることが当たり前になっている自分に気付く。

「お前も、なんだかんだ精霊たちとうまくやってるようでよかったよ」

しかしリュウが思わせぶりに口の端を上げるのを見て、最後にリュウと会った時の自分の態度を俄《にわ》かに思い出し、ラルフは頭を抱えたくなった。魔物に頼んで、リュウの記憶からあの日のラルフの醜態《しゅうたい》を永遠に消し去って欲しい。

「と、ともかく、あれから五日も経っているんだと言うんだな」

無理やり話題を元に戻したラルフを面白《おもしろ》そうに見たリュウだったが、それ以上からかうことはせずに表情を引き締めた。

「ああ。この山には連日、公安局の局員たちやデューカの私設護衛隊が調査に来て、なんとか霧の壁の中に入ろうとやっきになってる。お前ら、そういうこと一切知らなかったんだな」

偽りの記憶の中で暮らしていたのだから、知るはずもない。

「つまり、ここに放たれた魔法もなにも、あれが全部無効化してるってことか。すげぇな」

少し先にそびえたつ霧の壁を見やりながらリュウは感嘆の溜め息をついたが、ラルフはぞっとした。魔法使いが放った魔法をすべて吸収して無効化してしまうなどという魔法は聞いたことがない。この五日間、連日そんなことが行われていたのだとすれば、魔物は霧の壁を存在させ続けるだけではなく、向かいくる力を消滅させていたことにもなる。同時に、ラルフたちの記憶に手を加えながら。

そんなものを捕獲したり、ましてや〝処理〟したりできるものだろうか。

できるはずがない。

即座に込み上げた強い思いに、ラルフは再び背筋に冷たいものが走るのを感じた。

「〝魂喰《たまぐ》い〟〝心喰《こころく》い〟って、どういう意味なんだとずっと思ってたけど、人の記憶に干渉《かんしょう》して、文字通り心を喰うってことなのかもしれねぇな。昔の記録だとバクに心を喰われた奴らは皆、生ける屍《しかばね》のようだったって。お前の場合は、思考も会話もまともにできるし、廃人《はいじん》って感じはなかったけど、頭の中を弄られたってことには変わりねぇし。サリもエトも同じ状態なのか？」

ああ、とラルフは頷いた。

「恐らくそのはずだ。この状態の俺を、正気のままのサリが受け入れるとは思えない。サリも同じように記憶に手を加えられている。エトは……」

言いかけて、ラルフは一度口を噤《つぐ》んだ。

小さな腕がラルフの体に抱き付いて、手にぎゅっと力を込めた瞬間を思い出したからだ。

「正直、分からない。エトは白銀《しろがね》の主人で、魔物は主人の望みを叶えるものだとサリから聞いている。エトはずっと、ここで俺とサリと暮らしたいと言っていたんだ。俺とサリの偽の記憶は、エトの願いを白銀が叶えたものかもしれない」

口にすれば、そうとしか思えなくなった。

外の世界からは遮断《しゃだん》され、自分にとって恐ろしいものはなにひとつ入ってこない。大好きな白銀とサリ、それからラルフと共に穏やかに日々を過ごす。ここはエトにとっての理想郷だ。

ふぅん、と口元に手をやりリュウは考える素振《そぶ》りになった。

「……それなら、白銀はどうして俺をここに入れたんだろうな」

「分からない。そもそも、お前は一体どうやってここに入ってきたんだ」

「さあ？　入れてくれって言いながら霧に手ぇ突っ込んだり足突っ込んだり顔突っ込んだりし

てたら、急に霧が押し寄せてきて、気が付いたらここにいただけだからな」

「なんだそれは……」

陽気そうなこの男が霧の壁を前に奮闘《ふんとう》している姿が容易に想像できて、呆《あき》れてしまう。

――すべてのことには意味があるわ。あの子がすることなら尚更《なおさら》。あの子は、ただエトを守りたいんだもの。

精霊たちは何故《なぜ》か皆、白銀のことを「あの子」とか「銀色の子」と、まるで小さな子供であるかのように呼ぶ。

「最初にここに入ってくることができたときには、俺がサリの味方だからかと思ってたけど、どうやらそう単純な話でもなさそうだな」

ジーナの言葉を告げると、リュウは一度大きく伸びをした。

「どういう意味だ」

「だってお前、考えてもみろよ。今日までここは、たとえ夢の中といえども、お前と白銀とエトとサリとで平和な暮らしだったんだろ？　俺がここに入ってきて、お前を一発殴《なぐ》ったらお前の夢は醒《さ》めた。白銀の力が消えたんだ。まあ、あいつの力がとんでもねぇもんだって、魔法使いじゃなくても分かる。お前らが一生その状態を続けることだって本当は可能なんじゃないか？　でも、俺の存在をきっかけにお前の目は覚めた」

言いたいこと分かるよなと目で促《うなが》されて、ラルフは軽く頷いた。

「白銀が、俺の目を覚まさせるためにお前をここに招き入れたということか」

「もしくはサリの、だな」

サリはかつてバクの話を聞かせてくれた時、こんな風に話していた。

バクは人の心に添うもの。人が願えば、それが悲劇をもたらすとしてもそれを叶えずにはいられない生き物なのだと。

「あいつ、本当になにを考えているんだ」

これからひどい嵐がやってきて、自分は理性を失い暴走するだろう――。

ラルフたちが偽りの記憶を植え付けられた前夜、ラルフに頼みがあると告げ、会いに来た白銀を思い出す。

「その時が来たら、率先して俺に喰われて欲しいとあいつは言っていたんだが、どういう意味だと思う？　そもそも、こんなことをしでかしてあいつはもう理性を失い始めているのか？」

リュウはラルフの話に眉を顰めた。

「ひどい嵐というのは、きっと、エトを追ってきた俺たちや、サリを捕まえようとする連中のことだろう？　理性は……まだあるんじゃないのか？　お前の目を覚まそうとして俺をここに入れたのが正解ならな。暴走するってどういうことだ？　白銀は確かに、『喰われて欲しい』と言ったんだな？　つまり、あいつはやっぱり人を〝喰う〟んだ。それは一体どういう意味なんだ？　昔の文献にあったように、人が廃人化するのが〝喰う〟ことなのか？　そこに出てきたバクは、最終的に自身の主人の心も喰った後消滅したらしい。白銀はあくまでもエトを守ることを考えているんだよな。そこでお前にわざわざそんな頼みをしたってことは、白銀がお前を喰うと暴走が止まるのか？」

あぐらをかき、頬杖をついてぶつぶつと思考を巡《めぐ》らせていたリュウは、最後にぱっとラルフの顔を見つめた。あまりの勢いにラルフは思わず体を引いてしまう。

「やめろ！　どうして俺が喰われなきゃならん。絶対に嫌だ。ぞっとすることを言うな」

「いやお前、ここは重要なところだぞ。白銀が、サリじゃなくてわざわざお前に頼みに来たんだろ。サリじゃなくて、お前が喰われることに意味があるってことだ」

身を乗り出したリュウから仰《の》け反《ぞ》るようにしてラルフは距離をとる。

「た、確かにサリには頼めないとあいつは言ったが、俺は魔物に喰われる趣味はないし、公安魔法使いの信条として最初から己の命を賭《と》して人助けするような真似はしない。俺は最後まで自分の命にしがみついて、より多くの民を救う」

「へえ。その信条は悪くないな」

ふっと笑って、リュウが姿勢を戻した。

焦《あせ》る勢いのまま余計なことまで口走った気がしたが、嘘を言ったわけではない。

もし白銀の言う〝喰われる〟ことが生ける屍となることと同義なのであれば、ラルフは決して頷くわけにはいかない。

あの時、白銀はラルフの両手を握り締めて頼むと言ったが、ラルフは結局肯定《こうてい》も否定もしなかった。そもそも、魔物に笑って自分に喰われろと言われて、はい、いいですよと頷く人間はいないだろう。

言うだけ言って満足したのか、白銀は現れた時と同じようにその場から姿を消してしまった。

「なんにせよ、お前の目が覚めて夢の時間は終わったんだ。サリの目も覚まさせて、今度こそエトを説得して白銀を解放させる方法を考えなきゃならねぇけど。さて周りがこの状況だからな。局員や護衛隊や村の人々を一旦《いったん》ここから引き離せるか、ゴスとイーラに相談してみる。公安局局員はともかく、護衛隊と村人が厄介《やっかい》だな」

事情が分かったからそろそろ行く、とリュウがその場から立ち上がった。あまり長居をしていると、壁の内側に入ったことが私設護衛隊あたりに知られて厄介なことになり兼ねないからと。

「分かった。俺は、白銀と話ができるならもう一度あいつの意図を確かめておく。サリの目も、必ず覚まさせる。あとは、エトを説得できるかどうか……」

ラルフが言うと、がしがしと後頭部を掻《か》いてリュウは言葉を探すように空を仰《あお》いだ。ふっと息を吐いて、少しだけ悲しそうな目をしてラルフを見つめた。

「なあラルフ。サリの目が覚めたら、よく名前を呼んでやってくれ。俺と、カルガノ局長からの頼みだ」

「……いきなりなんだ」

「きっとやさしい夢を見ていたと思うから、目が覚めた時にひとりだと思ってほしくない」

ラルフは返す言葉が見つからず、ただぎこちなく、ああと頷くことしかできなかった。

そんなラルフの顔を見て、リュウが笑った。

「お前、サリと仲良くなったんだな。安心したわ。じゃ、次また入ってこれるかどうか分かんねぇけど、とりあえずお互いのやるべきことやろうぜ。お前とサリの力を取り戻して、白銀は解放、エトを保護する。いいな。あと、ジーナ、だっけ？　こいつのこと助けてやってくれな」

ラルフの胸元に顔を寄せて囁いた後、ラルフの肩を軽く二度力づけるように叩くと、リュウは片手をひらひらと振って振り返りもせずあっさりと霧の壁を抜けて出て行った。

その背中を見送って、ラルフは急速に気持ちが重くなるのを感じていた。


ゴスとイーラがまずやってきて、次いで多くの村人やデューカの私設護衛隊たちが山に登ってきたあの日。

ラルフは生まれて初めて、強烈な悪意を真正面からその身に受けたのだった。

憎悪《ぞうお》や怒りをたぎらせた村人たちは、サリを化け物と罵《ののし》り、早く始末しろと武器代わりの農具を片手に叫んだ。

エトが檻《おり》に入れられ、見世物になる姿をこの目で見、とても想像することのできない彼女のひどい過去を聞き、この世界にはまだ多くの信じ難《がた》い迷信と差別があるのだと知りつつ、それを一心に身に受けることの恐ろしさなど微塵《みじん》も理解できていなかった。

同じ国の民だというのに、言葉が通じない。

サリのことを化け物だと妄信《もうしん》し、捕えろと口々に叫ぶ人々。

サリと共にいる自分も仲間だと、ぎらつく憎悪の目が容赦《ようしゃ》なく突き刺さり、ラルフは足が竦《すく》むのを感じた。恐ろしかったのだ。排除される側にまわるということが。

あの時サリがどんな顔をしていたのか。ラルフはまるで覚えていない。

自分に対し憎悪を向ける人々を前に、微動《びどう》だにせずその場に立ち尽くしていたサリの小さな肩だけを何故か鮮明に思い出せる。

サリは、もしかしたらその存在を忘れていたのかもしれないが、それでも、最後まで魔法の力を村人たちに向けることはしなかった。村人たちに殴られ、捕えられた時でさえ。

すっかり忘れていたあの日の記憶は、今思い出しても嫌な汗が背を伝う。知らず拳を握り締めているのは、込み上げてきた恐怖に耐えるためだ。

すべて、綺麗に忘れていたのに。

サリを正気に戻すということは、あの日の記憶も取り戻すことになるのか。

公安魔法使いとして、精霊使いの養い親に育てられたという偽りの記憶を持っているならば、精霊使い故《ゆえ》に化け物と呼ばれ人々に嫌われてきた幼少期の記憶もないということだ。

「サリ、海を見せて。シロ、いっしょに見よう。海はおおきな川みたいなんだよ」

エトの明るい声が不意に耳に入り、気づけば小屋の近くまで戻ってきていた。

ふらりと顔を上げると、わくわくと子供らしい顔をしてサリを見上げるエトの姿が見えた。

エトにねだられたサリは小さく微笑《ほほえ》んで、いいよ、と慣れた仕草で指先を空に滑《すべ》らせる。

昼の山中、木々の合間に海が広がる光景は不思議だ。

偽りの記憶の中においてさえ、そういえばサリは攻撃的な魔法を使いはしなかった。絶えずエトを楽しませるような、目や耳をふと和《なご》ませる、そんなことにばかり魔法を使っていて、おかしな魔法使いだとラルフは評していた。本当は強い力があるのに、その力の本当の使い方を知らない魔法使いだと。

大きな魚の群れが見たいと言われて、サリの指先から光が放たれると、たちまち海の端から日の光を反射させせながら泳ぐ魚群が現れた。

水しぶきが小さな虹《にじ》をいくつも作って、エトと白銀が手を叩いて喜んでいる。

そんなふたりの姿を見つめるサリの横顔にもやさしい笑みが浮かんでいて、その光景はどうしようもなく平和で穏やかだった。

偽りの記憶の中での日々は、いつもこんな風だったのだ。

「お帰り、ラルフ。今日は遠くまで行ってきたのか？　随分遅かったじゃないか」

不意にこちらを向いたサリが、ラルフの姿を認めて目元を和ませた。

ラルフを見てあんな風に翳《かげ》りなく笑うサリは、よく知っているようで、決してラルフが知らないサリだ。

「サリ！」

本来の自分ではない記憶を植え付けられるなどあってはならないことだし、ラルフは白銀に対し、少なくない憤りを感じている。

「なにかあったのか？　顔が怖いぞ」

だがその瞬間、ラルフは躊躇《ちゅうちょ》してしまった。

（やさしい夢を見ているだろうから）

リュウの言葉が脳裏《のうり》を過《よぎ》り、容赦なく憎悪をぶつけられた恐怖の記憶が甦《よみがえ》る。

「……人の顔を見て失礼なことを言うな」

「だって本当のことだ。なあ、エト」

悪戯《いたずら》をする子供のような顔をして、サリはエトと顔を見合わせ肩を揺らしている。

サリの目を覚まさせるということは、サリにもう一度、恐怖と傷を与えることなのだ。

その覚悟が自分にまるでないことを、口を噤《つぐ》んだラルフは思い知った。

4

これまでの人生に於《お》いて、目的のために必要とされる行動や措置《そち》が明確に分かっているのに、即座に行動に移すことができないでいるというのは、ラルフにとって初めての経験だった。

サリの正しい記憶を取り戻さなければならない。

そうしなければラルフは永遠に自身の力を取り戻すことができないだろうし、この山中での生活に終止符を打つこともできないだろう。

ラルフが正気を取り戻したことに精霊たちはいち早く気づいた様子で、ラルフの周りを面白《おもしろ》そうに取り巻いた。

――うるさいのが帰ってきた。

――なんだお前、怒っているのか？　今朝《けさ》は笑って話しかけただろう。

――精霊使いラルフ～。

この状況の中でエトがそれらの精霊たちの声をまるで拾っていない様子を見れば、エトにも白銀《しろがね》のなんらかの力が及んでいることが窺《うかが》えた。

そんな中で、ラルフが辟易《へきえき》としていたのは、スクードの怒鳴り声のためだった。

――やっと目を覚ましたのか役立たず！　本当にお前ときたら、サリの力を得ながら我々の声を受け取らんとはどういう了見だ！

――さっさとサリの目を覚まさせろ！　こんなサリは見てはおれん！

――何故《なぜ》サリを元に戻さない！　早くしろ！

精霊というのは、人の心を解さないものだと言う。

――サリがスクードの名を呼ばなくなったから、随分《ずいぶん》腹を立てているのよ。

ジーナのそんな言葉を聞けば、よほど人間らしいと思うのに。

サリはスクードの存在を完全に忘れている。守り石としての価値は残っているが、今のサリにとってスクードは幼い頃からの相棒ではないのだ。

「今よりも、前の方がいいとお前は言うんだな」

サリの右手首で辺りが割れんばかりの声で喚《わめ》き散《ち》らしているスクードに向かって話しかけるわけにもいかず、ラルフは不自然に外部からの音に耳を傾ける風を装いぼそぼそ問うてみる。

――サリがサリでないというのに良いも悪いもあるか！

それは、本当にそうだとラルフも思っているのだけれど。

サリの傍《そば》にいる限り、延々と罵倒《ばとう》され続けることに耐えかねてラルフは小屋を抜け出した。

ふと、そう言えば夢の中でいつも聞こえていたあの怒鳴り声は、やはりスクードだったのだと気づく。無意識下とは言え、どうしてスクードの声を拾うことができたのか。

偽《いつわ》りの日常の中でラルフが感じていた違和感を、サリは感じていないのだろうか。

記憶を塗《ぬ》り替《か》えられる前々日まで、サリに魔法の使い方を教えるために歩いた小道を行けば、たった数日前のことがひどく懐かしく感じられた。今日エトが眠りについても、サリが魔法を教えてほしいとこの道を歩いてくることはない。

精霊たちの声を拾うことができなくなり、エトやラルフが寝静まってしまう夜が静かすぎて怖いと言っていたサリは、今はいない。少しでも長く、人の声を聞いていたいと神妙な面持《おもも》ちで言っていたのに。魔法使いサリにとって、静かな夜は当たり前のものだからだ。

洞《ほら》のあるクスノキの前までやってきて、ラルフはその幹に背を預けて足を投げ出した。

この山で暮らすようになって、明らかに自分は行儀が悪くなった。

見上げる木々の隙間から覗く夜を見つめているうちに、星の数が増えていく。

ぼんやりとそれらを見上げていても、ラルフの脳裏に浮かぶのは憂《うれ》いのない表情で日常を過ごすサリとエトの姿ばかりで、固く目を閉じてその映像を消そうとしても、次から次へと偽《にせ》の記憶を植え付けられたサリたちの楽しそうな顔や声ばかりが浮かんでくる。

くそ、と頭を抱《かか》えてぐっと強く瞼《まぶた》を押さえてから、再び目を開けると、目の前が銀色にちかちかと瞬《またた》いた。

「こんな所にいたんだね」

「うわ！　なんだ！」

突然至近距離で顔を覗き込んできた白銀に驚いて、ラルフは盛大に体を仰《の》け反《ぞ》り後頭部をクスノキの幹に強打した。

「っ……」

「大丈夫？」

「貴様！　一体どういうつもりで！」

鈍《にぶ》い痛みに涙が滲《にじ》みそうになりながら、しかし同時に込み上げた憤《いきどお》りに任せてラルフは白銀の胸倉を掴んだ。優美で華奢《きゃしゃ》そうな見た目だというのに、両手で掴み上げても白銀は毛ほども動じない。それどころか、落ち着いてよと、にこやかに笑いながら有無《うむ》を言わせぬ力でラルフの手を解《ほど》かせた。

今日は小屋に帰ってからも、白銀とはほとんど目も合わせていなかった。

時折こちらを窺う視線は感じていたが、サリのことで気持ちに整理がつかない状態で白銀と話をする気にはとてもなれなかったからだ。

掴みかかった両手を丁寧に戻されて、ラルフはひとつ息を吐いた。相手は自分などより遥《はる》かに力のある魔物だ。冷静にならなければ。

そう思った矢先に、

「このままでいいの？」

銀色の目で白銀がラルフを覗き込んできたから、ラルフは激昂《げっこう》した。

「いいわけがあるか！　お前は一体なにを企《たくら》んでいる！　俺の記憶を弄《いじ》り、サリの記憶を弄り、エトの記憶も弄っているだろう！　これがエトの願いか！」

「そうだよ。エトの願いだ」

きっぱりと、白銀は答えた。

「恐ろしい人のいない場所で、君とサリ、僕と四人で安心して暮らしたい。エトが願ったのはそれだけだよ」

「だからって……」

予想していたこととは言え、あまりにはっきりと肯定《こうてい》されて、ラルフの怒りは行き場を失ってしまう。

「それなら、どうして俺の記憶は戻したんだ。何を企んでいる」

白銀は困ったように笑った。首を傾《かし》げると、長い銀髪がさらさらと肩を滑《すべ》り落《お》ち、それに月の光が当たってきらきらと眩《まぶ》しい。

「僕はただきっかけを作っただけ。君は君でいたいという意思が強かったから、小さなきっかけで自分自身を思い出しただけだよ。心当たりがあるはずだ。公安精霊使いでいる日々の中で、多くの違和感を覚えていたでしょう？　君は君自身であることに強い執着がある」

「なにが悪い」

からかっているのかと凄《すご》めば、白銀はおかしそうにくすくすと肩を揺らした。こんな仕草はまるで子供のように無邪気だ。

「悪くないよ。だからこそ、君は自分の意思で自分が何者であるのかを思い出した。僕が見込んだ通りだ」

「お前に見込まれてなんになる。何を企んでいるのか、とっとと吐け」

白銀は小屋の方へ視線をやった。眼差しがやわらかになるのを見れば、この美しい魔物が誰を想っているのかが分かってしまう。

「僕はエトを、あの子をひとりにしたくないんだ。決してね。僕はエトの願いを叶えずにはいられないけれど、エトの幸せを誰よりも願っている」

つまり白銀は、この偽りの世界がエトの幸せにはならない、と考えているのだろうか。

「……エトの願いを叶えるために、サリを傷つけても？」

「僕は、エトのバクだからね。エトの願いを叶える。それに――」

「なんだ」

「サリは精霊たちをとても愛しているけれど、僕が思っていた以上に今の日々に安らぎを覚えているみたいだ」

「だが、すべては偽りだ！」

「でも君はサリの記憶を正そうとしていないじゃないか。君だってそう思っているということでしょう?」

穏やかに返されて、ラルフは言葉を失う。

「人って不思議だね。君は最初、自分の力を取り戻すためにサリたちに同行したのに。今の君は、サリが泣くことを恐れている。サリの記憶が戻らなければ、君は一生君の力を取り戻すことができなくなるんだよ」

この魔物が何を考えているのか、ラルフにはさっぱり分からない。

それでも、白銀がエトを大切に思っていることは何故か分かってしまうから、ラルフは白銀をただ畏《おそ》れ憎《にく》むことができずにいる。偽りの記憶の中で白銀が見せた人の生活に対する好奇心や、人に寄せる好意は嘘ではないと知っている。

「お前は一体、俺に何をさせようとしているんだ」

「だから、僕が望むことはいつだってひとつだよ。もう何度も言っている。エトをひとりにしない。それだけだ」

問答のようなやりとりに呆《あき》れて、ラルフはくしゃくしゃと髪を掻き上げた。

「気が狂いそうになるな」

「ごく単純なことしかお願いしていないのに?」

肩をすくめる仕草が妙に腹立たしかったが、ラルフはふと思い出して口を開いた。

「白銀、前にもうすぐ暴走して理性を失うと言っただろう。あれはどういう意味だ。何が起きる」

「さあ。僕もまだ経験したことがないからどんな風になるのか見当もつかないんだ」

目を丸くして明るい調子で答える白銀に、ラルフは眉《まゆ》を顰《ひそ》めた。

「からかっているのか。俺は真面目《まじめ》に……」

「本当のことだから。僕にも、僕がどうなるか分からない。僕は人の気持ちに強く影響を受けるから。だからこの前君に頼んだじゃないか。そんなことが起きたら、進んで僕に喰《く》われて欲しいって」

ね、と小首を傾《かし》げて言われても背筋が粟立《あわだ》つだけだ。

だがリュウとの会話を思い出し、ラルフは上ずりそうになる声を抑えて問うた。

「どうしてサリじゃなく俺なんだ。俺を喰うとお前はどうなる」

「分からない」

銀色のバクはけろりと答えた。は？　と気色《けしき》ばむラルフを真正面から見つめる。

「でも、君じゃなきゃきっと意味がない。君は生への執着が強い。叶えたい夢があり、目標がある。生きることに前向きで貪欲《どんよく》だ。僕は人の気持ちに強く影響を受けるからね」

つまり——。

白銀の言葉の意味を注意深く考えようとしたその時だった。

絹を引き裂いたような細く高い叫びが山の下方から聞こえた気がした。

あまりに小さいその音に聞き間違いかと思ったが、不安を煽《あお》る悲鳴のような音を、ラルフは聞き逃さなかった。

今も、すぐそこで化け物がのうのうと暮らしていると思うと、イジは怒りで気がおかしくなりそうだった。

一日でも早く化け物を退治しなければならないと言うのに、王都からきた公安局とやらいう役人連中は化け物を退治するどころか、サリを庇《かば》うような発言ばかりして、すっかり化け物に取り込まれておりまるで話にならない。

その点、シンという男はまだ話が分かるようで、化け物をあの霧の壁から誘《おび》き出《だ》す良い方法を示してくれた。

山が丸焼けになろうと、化け物を始末して平穏を取り戻すことの方が近隣の村々にとってはよほど重要だ。

イジが村の男たちに声をかけると、すぐに賛同の声が上がった。

皆、王都から来た役人たちがただなにもせず日々を過ごす様子に苛立ちを募《つの》らせていたのだ。

弄月山《ろうげつさん》のことならば、王都の役人たちより村の人間の方が断然詳《くわ》しい。役人たちが知らない山の裏への抜け道もある。

イジたちはそれぞれ火を灯《とも》すための木切れを持ち、裏道を通り役人たちに見つからぬよう山に入った。

村を出たのは夕刻だったが、山の裏から役人たちの目を盗みながら霧の壁の前に辿り着いた頃には辺りはすっかり闇に沈《しず》んでいた。

用意していた木切れに火を灯す。

松明《たいまつ》を掲《かか》げ、ゆらゆらと揺れる火に映《うつ》し出《だ》される人々の顔は赤く染まり、その目は化け物を誘き出してやろうと異様な輝きを放っている。

霧の壁を見上げ、イジは今度こそ、と深く息を吸った。

(今度こそ、あの化け物を始末してやる)

すぐ傍に立つ木の枝に腕を伸ばし、松明を近づける。

と、急に火が勢いを増し、見る間に木を覆い尽くした。

ごおごおと音を立てて燃え盛《さか》る木を前に、村人たちはなにが起きたのか理解できず束《つか》の間圧倒されていたが、

「も、燃やせ！」

イジの声に背中を押されるように、人々は手当たり次第自分のすぐ傍にある木に火を付け始めた。

すると、イジの時と同じように松明の火はその火勢を一気に強め、瞬く間に木々を炎で呑み込んでいく。

「出てこいサリ！」

「お前の山が燃えるぞ！」

「出てこい化け物！　退治してやる！」

辺りの炎の勢いに煽《あお》られるように、イジと村人たちはげらげらと笑いながら霧の壁に向かって叫んだ。

「イジ殿！」

その時、イジたちの背後から新たな一団が現れた。役人連中かと一瞬身構えたイジは、だがその先頭に立つ人物を認めて笑みを浮かべた。

「シン様」

男はなにもかも承知したという顔で頷き、彼の指先を空に滑《すべ》らせた。

すると、辺りの炎が一斉《いっせい》にその勢いを増し、遠くの木々にまで炎が広がるのが分かった。

シンの連れてきた部下たちも次々と指先から光を放って、辺りを炎の海にしていく。

これが、魔法の力。

この力があれば、きっと今度こそ化け物を倒すことができるはずだ。

ぞくぞくと昏《くら》い喜びが込み上げ、イジは満面の笑みで空に向かって吼《ほ》えた。

「サリ、化け物め！　出てこい！」

イジの背後で、村人たちも一斉《いっせい》に雄叫《おたけ》びの声を上げている。


「ジーナ！」

——木が叫んでる。燃えてるって。

「燃えている？　どういうことだ！」

ごっと頭上を風が渡った。

——燃える。

——燃えている。

——あいつが放った。

——こっちでも火が付いた。

——また火を付けている。

ばちばちと火の爆《は》ぜる音を聞いた気がしたのはさすがに思い込みか。

だが、悲鳴のする方向へ全力で駆けだしたラルフの耳には、次々に精霊たちの声が飛び込んできた。

――燃やし尽くせ。

――燃やし尽くせ。

――焼き尽くせ。

――すべてを！

生活で出会う炎の声がいかにやさしいものであったか！　ラルフは思い知る。

木々を蹂躙《じゅうりん》する火の精霊たちの低く勢いに満ちた声は、獲物を前に舌なめずりする獣《けもの》のような獰猛《どうもう》さを思わせる。まだ目にしていない火の手の大きさを感じ、ラルフは舌打ちしながら今来た道を戻り始めた。

自分には、魔法が使えない。

「ジーナ、どこが燃えているのか分かるか」

――壁の外よ。

（こちらを炙《あぶ》り出《だ》す気か……！）

「白銀！　火を消してくれ！」

クスノキの前に置き去りにした白銀がついてきているはずもないのに、ラルフは叫んだ。白銀の力があれば、壁の周辺にどれほど火を放たれようと一瞬で消し去ってしまえるはずだと思ったからだ。

エトがこの山での暮らしを望んでいるのならば、きっとあのバクはその望みを叶えるために迫《せま》る危険を消し去るだろう。

だが、どれほど叫んでも銀色のバクはラルフの声には応《こた》えない。

エトが願わねば駄目だということか。だがエトに壁の周辺の有《あ》り様《さま》を見せたくはない。

「サリ、エトは……」

小屋まで帰り着いたラルフは、白銀が既に眠りについているエトの傍《かたわ》らに寄り添っているのを見つけた。苛立《いらだ》ちが募《つの》るが今はそれを気にしている場合ではない。

「サリ、話がある。ちょっと来てくれ」

「なんだ？　ここですればいいだろう」

怪訝《けげん》な顔をするサリに、白銀がにっこり笑って手を振った。

「行ってらっしゃい」

こちらに手を貸す気はないと言うことか。

のろのろと立ち上がったサリの手を摑み、急げ、とラルフは引っ張るようにして小屋の外にサリを連れ出した。

——サリ、山が燃えている！　サリ！　俺の声を聞け！

サリの手首で、スクードが吼《ほ》えている。

——サリ、燃えているよ。

——サリ、木々が泣いている。

――サリ、サリ、お前の大事な山が燃えている。

小屋の周りには恐ろしいほど多くの精霊が取り巻いていて、一斉にサリに向かって叫んでいる。その音の圧に体ごと押しつぶされそうな錯覚を感じながら、ラルフはサリの手を引き山道を駆け下る。

「ラルフ、なんだ。痛い。なにがあった？」

「火が放たれた。恐らく追っ手だ」

「……っ！」

ぶわりと、サリが纏《まと》う気配が変わったような気がした。

ラルフに握られていた手を振りほどくと、サリは獣のように駆け出した。早い。置き去りにされぬようラルフも必死で追いかけ、背後から叫んだ。

「一番火の手が強いのは西だ！　サリ、今東から風が吹いているから逆向きに力をぶつけてまず風を止めろ。西の滝壺《たきつぼ》の水を汲《く》み上《あ》げて木々の真上から一気に落とせ。巨大な手で水の塊《かたまり》を摑む感覚だ。大量の雨を降らせて一気に沈火《ちんか》させる。分かるな！」

誰かの声を再現したり、これまでに見たものを映し出したり、そんな魔法ばかりを好んで使っていたサリは、自然物に手を加えるような魔法を厭《いと》っていた。遊びで噴水を作ることでさえ、そのまま流れている姿が一番綺麗だと難色を示したことを思えば、それと口にせずとも魔法に対してのサリの考えは十分に伝わってきた。

使い手にその意思がないのであれば、魔法は形にならない。だからサリにその気がないのであれば、できることからやりながら魔法に慣れていくしかないと思っていたが、今は好き嫌い、得手不得手を言っている場合ではない。やるしかないのだ。

みるみる小さくなっていくサリの背中はラルフの叫びになんの返事も返さなかったが、サリの右手から光が迸《ほとばし》り、すぐに南からの風が木々を揺らすのが分かった。

夜空を不穏な黒い煙《けむり》が覆《おお》い始《はじ》め、ばちばちと木の焼ける臭《にお》いが漂う。

草木の悲鳴というものをラルフは初めて聞いて、切なく、悲痛なその音に胸を掻きむしりたいような気持ちになった。世界はこんな声で泣くのかと。

――ラルフ、しっかりして。私の声を聞いて！

これ以上聞いていたら自分が壊れそうだと思わず自分の両耳を塞《ふさ》ぎそうになるラルフを、ジーナが叱咤《しった》する。

平穏に満ちている霧の壁の内側から騒然とした気配のする壁の外へ、サリは迷いなく駆け抜けていった。

「サリ、待て！　表には追っ手が！」

慌ててラルフもその後を追い、壁を抜けた途端、視界に広がる火の海に目を瞠《みは》る。

熱波に顔を庇《かば》い、荒れ狂う火の精霊たちの歌声と木々の叫び声に意識が眩《くら》みそうになるのをかろうじて堪《こら》える。

サリはどこだ。

と――。

ざん、と大量の水の塊が頭上から落とされた。

頭が地面に叩きつけられるほどの勢いに、ラルフはその場に膝をつく。

瞬間、周囲の炎の一部は消え去り、一部は弱まり、辺りに奇妙な静寂が漂《ただよ》った。

間髪入れず、炎の消えた場所から次の火の手へと駆け出すサリの後ろ姿を見つけて、ラルフもその後を追う。全力で駆けていくサリの両腕が半《なか》ばまで光を帯び、魔法を極限まで引き出そうと暴走しかけていることに気づいた。

「サリ！　落ち着け！　そのままだと力が持たない！　サリ！　俺の声を聞け！」

もちろん今のサリにラルフの声は届かない。

サリの手から白い光が放たれると、前方の火の手に、再び、水の塊が落とされる。

と、同時にサリの小さな影がその場に崩れ落ちるのが見えた。

「あの馬鹿！」

慌てて駆け寄ると、荒い息を吐き、自らもずぶ濡れになりながら、尚《なお》もサリは魔法を使おうとしていた。深緑の瞳は火種の燻《くすぶ》る方向を見据《みす》え、震える手に薄い光が集められようとしている。

「やめろ！」

ラルフが叫びサリの手を無理やり握って制すると、サリは腕を振ってラルフから逃《のが》れようとする。

「離せ。火を、消さなきゃ」

「駄目だ。お前は力を使いすぎた。もう限界なんだ」

「でも火がまだ消えていない！」

サリの目は一度もラルフを見ることはなく、明るい方だけを見つめている。無理やりにでも体を起こして火のある方へ向かおうとするサリに業《ごう》を煮やし、ラルフは強引にサリを抱《かか》え上《あ》げた。

と、

「やっと出てきたか」

嬉しそうな声と共に、ラルフの背を衝撃《しょうげき》が襲った。

全身を走った痺《しび》れと痛みに、思わずその場に膝をつく。

「ラルフ」

腕の中のサリが小さく叫んだ。

「なにをしているラルフ・アシュリー。早くその女をこちらに寄越せ」

痛みに顔を顰《しか》めながら振り返ると、いつぞや、エトを攫《さら》おうとした男がこちらに近づいてくるところだった。よりによってラルフが殴りつけた男だ。圧倒的に分が悪い。

霧の壁の内に逃げ込めば追ってはこられないだろうが、そこまでは短くはない距離がある。

「ラルフ、お前はデューカ様に報告をと言いながら一度もその責を果たさず、どころかその有《あ》り様《さま》はなんだ。やはり女に情が移ったのか。まあいい。早くそれをこちらに寄越せ。子供と魔物を誘き出す」

ゆっくりと近づいてくる足音を背後に聞きながら、ラルフはサリに囁く。

「サリ、よく聞け。今からお前を投げる。死に物狂いで霧の壁の中へ走れ。いいな」

この状態のサリを決して奪われるわけにはいかない。ラルフの腕の中で身を強張《こわば》らせたサリの返事を確かめもせず、ラルフが力を込めた時だった。

サリがラルフの首に抱き付くように身を起こし、その右腕を掲《かか》げたのが分かった。

光。

男の小さな叫び声と共に、なにかが地面に叩きつけられる音がした。

「この馬鹿が！」

サリが魔法を使ったのだとすぐに分かったが、ラルフはその時間を無駄にするような真似はしなかった。ぐったりと力を失ったサリを痺れる体で抱きかかえ、死に物狂いで霧の壁の内を目指して駆けた。

「あそこだ！　いたぞ！」

「男とサリだ！」

「逃げるぞ！」

「もっと火をかけろ！」

「誘き出せ！」

背後からいくつもの声が響き、あちらこちらからゆらゆらと長い影が伸びてくるのを感じる。今にも誰かの手が自分たちを捕えるのではという恐怖を覚えながら、ラルフは霧の壁へ倒れこむようにして飛び込んだ。

「サリ、おい、サリ。生きているな！　返事をしろ！」

「……生きている。あまり揺らさないでくれ。気持ち悪くて吐きそうだ」

薄《うっす》らと目を開けて億劫《おっくう》そうにサリが呟くのを聞いて、ラルフはどっと脱力した。

肩で息をしながら背後を振り返る。

霧の壁の向こう、いくつもの灯りが揺らめいて見えるのは、人々が手に持った松明だろうか。

人の声が増え、再び木々の叫び声が大きくなる。

明らかに魔法の力も使って草木を焼いているのを感じる。

「くそ。公安局はなにをしているんだ。エトから白銀に頼んでもらうしかないか」

この光景を、エトに説明することも見せることも憚《はばか》られるが、次々と放たれる火を止めるには魔物の力を借りるほかない。

「サリ、お前はここでおとなしくしてろ。もう当分魔法は使えない。お前にも分かっているだろう」

指一本満足に動かす力さえ、今のサリには残っていないはずだ。何度も倒れたために泥《どろ》のはねた顔は血の気を失って白く見える。

この事態を、魔物が知らぬはずがないのに。何故白銀は動かない。白銀は、大切な主人であるエトが、この事態を許すはずもないことを十分に承知しているはずだ。倒れたサリを見て、エトが泣くことも。

先ほど男に放たれた魔法でまだ痺れの残る体を起こし、ラルフが小屋に向けて歩き出そうとした時、裾《すそ》を引かれた。地面に転がったままのサリだった。

「いきなりなにをする」


「逃げようか」

苛立ちに声を荒《あら》らげたラルフをぽっかりとした目で見上げて、サリが言った。

その声は大きくはなかったが、何故か辺りにしんと響いた。

「なにを言っている」

「逃げようかと言ったんだ。ここから。白銀に頼んで。エトと、ラルフと、私で」

ぽつりぽつりと話すサリの声に、霧の壁の外の喧騒《けんそう》が急速に遠ざかるような錯覚《さっかく》に陥《おちい》った。

木々の悲鳴も、精霊たちの騒ぐ声も、遠ざかる。

ラルフは驚きに目を見開き、サリを見下ろした。

「お前は、一体なにを言っているんだ。この状況で、ここから逃げる？　本気で言っているのか」

信じられなかった。

たとえ偽の記憶を持っていたとしても、ここはサリの育った山で、はっきり口にせずとも、サリが深い愛情を抱《いだ》く養い親との思い出の地だったはずだ。

たった今、己《おのれ》の限界まで力を使い、気が狂ったように火を消そうとしていたのはサリ自身のはずなのに。

「私がここに居《い》るから、山が焼かれるんだ。さっきイジを見た。村の人たちも。白銀に頼んで私がここから去れば、彼らは山を焼くような真似はしないはずだから」

だからもう逃げよう、とサリが力なく呟く。

サリの記憶が戻っていることに気付くと同時に、その言葉に猛烈に怒りが込み上げて、ラルフは堪《たま》らずサリを怒鳴りつけていた。

「何故お前が逃げなければならない！　お前が一体なにをしたと言うんだ！　今ここで逃げてなにになる。お前の生まれ育った山が焼けているんだぞ。精霊たちも木々も悲鳴をあげている。分かるだろう！　お前は精霊使いなんだから！」

「分からない！　分かるはずがないだろう！　聞こえないんだから。あんたがそのことを一番よく知っているはずだ！」

　突如《とつじょ》サリが跳ね起きて、絶叫した。

「だって他にもう方法がないじゃないか！　私はなにもしていないと何度も言ったのに！　私がここにいるだけで、誰かが私を化け物と呼び、捕えに来る。私が存在するだけでこの山が焼かれるんだ。これ以上なにを言えばいい？　私の声は誰にも届かない。私の声が届くのはバクだけだ！」

　怒りと悲しみに震える声に、ラルフはサリの両肩を掴んでその目を覗き込んだ。

「俺が聞いている！」

　サリの目が一度大きく見開かれわなないた後、その両目から堰《せき》が決壊したように涙が溢《あふ》れた。

「嘘だ！　だってあんたはあの時私の傍にいてくれなかったじゃないか。あんなに叫んだのに。私の声を聞いてくれなかったじゃないか。私は、山が崩れると何度も言ったのに！　村の人みんなに言ってまわったのに！　父さんや母さんでさえ！　置いていかないでと言ったのに！」

　力なく握られた拳《こぶし》がラルフの胸を何度も叩きつける。

「村が埋《う》まってほしくなかった。みんなが無事でいてほしかった。危険だと知っていたから一生懸命伝えたんだ。でも誰も聞いてくれなかった。私じゃないと言ったのに。ひとりにしないでと言ったのに。新月《しんげつ》だけが聞いてくれたんだ。あんたは聞いてくれなかった。嘘をつくな、大嫌いだ」

完全な八つ当たりだった。支離滅裂で無茶苦茶で、子供のように声を張り上げてサリが泣いている。

わずかに茫然《ぼうぜん》とその様を見つめた後、ラルフはサリを掻《か》き抱《いだ》くようにして抱きしめた。

「悪かった、サリ。俺が悪かった。あの時、傍にいてやれなくて悪かった。お前の声を聞くことができなくて悪かった。ひとりにして悪かった。遅くなって悪かった」

サリの耳元に唇を押し付けるようにして何度も何度も伝え続ける。

ここに居るのは、親に捨てられたあの日のサリだった。山崩れの恐怖に怯《おび》え、誰にも自身の声が届かない現実に嘆《なげ》き、山崩しと呼ばれて憎悪の視線を向けられ続けた子供。

理不尽な現実に、きっと泣くことも、怒ることもできずに生きてきた。そんなサリが哀《あわ》れで、悲しくて、愛《いと》しかった。

「サリ、誰が何を言おうと、お前は俺のパートナーだ。これから先も必ずお前の声を聞き届ける。だからサリ、ここから逃げるな。お前は公安精霊使いだろう。化け物なんかじゃ決してない。まずはお前の山を守るぞ。いいな」

ラルフの肩口に顔を埋めて途中から微動《びどう》だにしなくなっていたサリはなにを考えていたのか。長い沈黙の後、微《かす》かに頷いた。

「あんたに、ひどいことを言った」

掠《かす》れた声がぼそぼそと聞こえて、ラルフは口の端を上げた。ひどいことを言われたとは少しも思わなかった。

パートナーだから、特別に許してやる。そう言おうとした時だった。

「シロ、あの人たちみんな、二度とこんなことができないようにして。はやく火を消して」

あどけない声が辺りに響き渡った。


振り返った先に、エトが白銀を従えるようにして立っていた。

こちらを、泣きそうな顔で見ている。

「サリ、泣かないで。だいじょうぶだよ。今、シロが助けてくれるからね」

エトが傍らに立つ白銀を見上げると、白銀はやさしく子供を見下ろした。困ったような顔をして、仕方がないというように正面を向く。その直前、ちらとラルフを見たと思ったのは気のせいだろうか。

白銀が己の顔の前に掲げた右手で前を掃《はら》うような仕草をすると、霧の壁がゆらりと消えた。内と外を隔《へだ》てるものが消え去り、先ほどまで壁があったすぐ外側に、松明を掲げた人々が右往左往しているのが見える。

突如消えた壁に人々は驚き声を上げ、その内側、小高い場所に立っている銀色の髪の魔物を見つけて指さしながら叫ぶ。

「化け物だ！　化け物がいるぞ！」

「出たぞ、魔物だ！　捕えろ！」

嬉々とした叫び声はデューカの私設護衛隊のものだろう。

背後の暗闇が一斉に光り、魔法が唸《うな》りをあげて白銀に向けて放たれる。

村人たちはその勢いに押されたのか、手にしていた松明で壁の内側にあった木々に手当たり次第に火を放ち始めた。

「やめろ！　やめてくれ！」

ろくな力も残っていないのに、身を起こして叫ぶサリの口をラルフは無我夢中で塞《ふさ》いで黙らせ、草むらに伏せる。視線は白銀を追ったままで。

白銀は自身に迫《せま》りくる魔法を見ても微動だにしなかった。

ただ、目の前に飛んできた虫を掃うようにそっと手を動かしただけ。

それだけで、すべての魔法は勢いを失い、白銀の足元にさえ辿《たど》り着かずに空で消えた。

新たな獲物を得て燃え始めた炎も、瞬間的に起こった暴風に火種ごと消し去られてしまう。

一瞬のできごと。

そうして、銀色の魔物は一歩足を前に踏み出した。

右腕を正面に伸ばし手のひらを空に向けると、なにかを誘うように、すいと長い指を手前に折った。

（蛍《ほたる》？）

青白い光が線を引きながら飛んでくるのを見た時、ラルフはそう思った。

蛍が、白銀に向かっていくつも飛んでくる、と。

だがすぐに、その光の線の先には人間がいることに気づいた。

「イジ！　どうした！　なにをされた！」

「なにがあった！」

「分かんねぇ。だけど急にイジが動かなくなった！　意識がねぇみたいだ」

サリを捕えろと声高に叫んでいたイジという男の周りに、村人たちが集まっている。イジはその場に立ち尽くしたまま、ぼんやりと前を見つめている。

「シン！　おい、シン！　やられたのか⁉」

「くそ、返事をしろ、シン！」

別の方向から聞こえてくる叫び声に目をやれば、そこにはつい先程ラルフに魔法を放った私設護衛隊の男が人差し指を白銀に向けた格好のまま、固まっている。

そんな異変が至る所で起きていた。

火の消えた松明を手にした村人たち。私設護衛隊の隊員と思《おぼ》しき、複数の魔法使いたち。

光の筋は彼らから発して、白銀の元へと飛んでいく。

銀色の魔物はその光を手のひらの上に集めて、そっとそこに己の唇を当てがっているのだ。

(飲み干している)

ラルフはぞっとした。

(〝喰ってやがる〟)

「に、逃げろ！　早く逃げろ！」

「やめてくれ。やめてくれよ！」

石像のように突如動きを止める仲間たちに動揺して、村人たちや私設護衛隊の隊員たちが後ずさりし始めた。

「エト、白銀を止めろ！　もう十分だ」

ラルフの声に、エトが頷いて白銀の左手を引っ張った。

「シロ、みんな逃げていくよ。もうだいじょうぶ。ありがとう」

その声が聞こえたのか、白銀は動きを止めたようだった。右腕がゆっくりと下ろされかけ、ほっとしたのも束《つか》の間、再びその腕が逃げる人々の背に向けられた。

またいくつもの光が人々から引き出され、白銀の手に集《つど》っていく。

「ね、ねえ、シロ。もういいんだよ。もうやめて」

白銀が、エトの声にまったく反応を示さないことにラルフは気づいた。

いつでも深い慈《いつく》しみを持って子供を見つめていた銀色の瞳から、光が消えている。

「シロ、ねえ！　シロってば！　もうやめて！　もういいんだってば！」

さすがに異常に気づいたのだろう。エトの声が涙交じりになる。

「エト！　こっちに来い！　サリが！」

未《いま》だにラルフに口を塞がれたままだったサリがラルフに何を言うと目線だけで抗議するが、ラルフは構わなかった。

サリの名を出されたエトが、脇目も振らずにこちらに駆けてくる。子供が自身の傍から離れても、白銀は見向きもしない。ひたすら逃げ惑う人々を〝喰って〟いる。

焼け焦げた木々の間に、人形のような人の影が点々と立っている。動きもしない。喋《しゃべ》りもしない。表情は虚《うつ》ろで、正しく〝生ける屍《しかばね》〟だ。

(これが暴走か)

自分でもどうなるのか分からないと白銀は言っていた。あの様子では、この場にいる人間すべてを喰らい尽くしても止まらない可能性だってある。

(ああ、だからかつて現れたバクは己の主人を喰らって消えたのか)

主人が消えれば、バクに願いを告げる者はいなくなる。

今更そんなことに思い至って、だがこの暴走を止めるためにエトを白銀に喰わせることなどできるはずがない。

どうする。どうしたらいい。

気持ちばかりが逸《はや》ってなにひとつ現状を解決する案など浮かんでこない。

当然だ。魔物のことなど、誰も、なにも知らないのだ。遠い昔に現れたという、そのわずかな記録に縋《すが》るだけ。

「ラルフ、白銀はどうしたんだ。なにが起きている」

「……サリ」

銀色の魔物の様子に不安そうな表情を向けるサリの横顔を見たその時、ラルフは思い出した。

バクを呼び出した人間は、ここにもうひとりいることを。

黒髪の美しい、サリの孤独を救った魔物。

ラルフは突如撃たれたような気持ちになってサリの両肩を掴み、その顔を強く見据えた。

「サリ、落ち着いてよく聞け。今から俺があいつを止めるから、お前は新月《しんげつ》を呼べ」

「……ラルフ？　一体なにを言っているんだ。新月って」

「時間がないから黙って聞け。リュウから聞いたんだ。バクが人の魂《たましい》を喰らう魔物だと。今起きていることがそれかどうか確証はないが、かつて現れたバクは、多くの人の魂を喰った後、自分の主人を喰らって消滅したらしい。だがそんな真似は絶対にさせられない」

サリの目がぎょっと見開かれる。その時、エトが駆け込んできてサリの首に抱き付いた。

「バクのことを知るのはバクだけだ。新月に、なにが起きているのか訊《き》け。喰われた魂を戻す方法も」

「だ、駄目だ。新月を呼ぶことはできない。だって私はきっとエトと同じことを……！」

怯えたように首を横に振るサリの肩を、ラルフは強く押さえた。

「いいか、お前は俺の魔法を、人を守るためにしか使おうとしなかった。お前は、新月に誰も喰わせたりしない。あいつの仲間に、助けを請《こ》う。それだけだ」

「ラルフ、あんたは何をする気なんだ」

「俺にもよく分からん。だが、白銀は俺をご指名だ。確証のない賭《か》けに乗るのは信条に反するが、俺が動かなくなった後はお前が俺を助けろ。お前は俺のパートナーなんだから」

「ラルフ、何をするつもりなのか言え！」

「だから、あいつの暴走を止めるつもりだ。……エト」

サリの首にかじりついている小さな背中に声をかけると、びくりと震えた。こちらを振り返る目には涙がいっぱいに溜まっている。最近はずっと、笑う顔しか見ていなかったのに。

ラルフはエトの頭にやさしく手を置いた。その場に片膝をつき、首を垂《た》れる。

「前に、お前を守ると言ったな。今、もう一度誓《ちか》う。白銀はお前をひとりにはしたくないと言っていた。俺も心からそう思っている。だから今度こそお前を守る。白銀のことも。だから、これ以上あいつになにかを願うなら、あいつの幸せを願ってやれ」

白銀は、人の気持ちに影響を受けると何度も言っていた。

こんなにも真摯《しんし》な気持ちで子供に誓いを立てたのは初めてだったが、悪くない気がした。

ゆらり、サリとエトの向こうで、白銀がこちらに顔を向けるのが分かる。

ゆっくりとこちらに向けて伸ばされる魔物の美しい腕。

立ち上がり、ラルフはエトの頭を掻きまわし、サリの肩を軽く叩いて白銀に向かって歩き始める。

「サリ、俺は死ぬ気はない。お前の声を必ず聞くから、俺を呼び続けろよ」

白い指先がラルフを誘う。

すぅっと、体の奥が冷たくなる感覚。

(喰われて堪るか)

最後の意識で、ラルフは奥歯を噛み締めた。


「シロ、どうして！　ラルフ！　サリ、ラルフが！」

エトの怯えたような叫び声を、サリは信じられない思いで聞いていた。

目の前で、ラルフの体から光が抜け出ていった。真っすぐに白銀の元へ飛んでいき、白銀がその光をするすると呑み下す。

右足を前に踏み出したその姿勢のまま、ラルフの動きが止まった。

「シロ、ラルフを元に戻して！　シロ！」

エトが泣きながら白銀の元へ駆けて行こうとするのに気づいて、サリは後ろから小さな体を羽交い絞めにする。

「エト、近づいちゃ駄目だ！」

逃げなければ。

それだけは理解して、サリは暴れるエトを抱き上げ、まだ重い自分の体を無理やり起こした。

今なにが起きているのか、なにが起きたのか、まるで理解が追い付かない。

ただ分かるのは、白銀が人に対して恐ろしい力を使ったことと、ラルフがその力に呑まれたこと。

「やめて！　シロ、わたしとサリだよ！　やめて！」

エトの叫び声を聞き肩越しに背後を振り返れば、虚ろな顔をした白銀がサリたちにその手を伸ばそうとしているところだった。

（喰われる）

そう感じたのは、動物としての本能だろうか。

エトに覆いかぶさるようにして地面に転がり、サリはただ叫んだ。

ずっと、ずっと心の拠《よ》り所《どころ》にしてきたサリのバクを。

孤独を癒《いや》すためではなく、生きるために。助けるために。守るために。

「新月！」

精霊使いサリと、魔法使いラルフの帰還

1

親に置いていかれた山中で、サリの目の前に突如《とつじょ》現れた人の形をしたその生き物は新月《しんげつ》と名乗った。

『大丈夫。君をひとりにしたりしない』

月のない夜だったのに新月の顔は不思議とよく見え、今までに見たこともない美しい顔に驚いていると、大きな手がサリの頬に躊躇《ためら》いなく触れて涙をはらってくれた。

そっと自分に触れる手がやさしく温かかったので、サリの目からはまた涙があふれ出して止めることができない。

『これからどうしたい？』

穏やかな秋の夜のような落ち着いた声で、新月が問う。

そんな風にやさしく話しかけられたのは本当に久しぶりで、サリは怖いような気持ちにすらなった。

相手が人ではないものだということは感じていた。こんな夜の山中に、その瞬間までなんの気配もなかったのに突然現れたのだ。人であるはずがない。それに人はサリにこんな風には話しかけてこない。

精霊たちとも違うけれど、これはサリに害を及ぼさないもの。もし危険なものならば精霊たちが騒いで教えてくれる。

親の元へ帰りたかったが、自分が捨てられたこともサリには分かっていた。両親にとって自身が迷惑な存在なのだということも。

きっと戻ったところでまた捨てられるだろう。そもそもあの村にサリの居場所はなく、サリを伴《ともな》っているだけで両親が周囲の人々から責められ、辛《つら》そうな顔をするのを見るのはもう嫌だった。

どうしたいのか、先のことなどサリには少しも分からない。

ただ、サリをひとりにしないと言ってくれるものの傍《そば》にいたかった。

まっすぐにサリの目を見て笑ってくれるものの傍にいたかった。

『いっしょにいて』

泣きながら告げるサリに、新月は困ったように笑う。

『そのために来たのだから、君と一緒にいる』

『ほんとうに？　私といっしょにいてくれる？　私が……』

化け物でも？

村人たちにさんざん言われた言葉が脳裏を過《よぎ》り、その想像の声にサリは体を強張《こわば》らせた。これを言ったら、新月は離れていくかもしれない。そう考えたからだ。

だが新月はそんなサリを両手で抱き上げると、軽々と片腕に乗せた。目線が近くなり、新月はサリの目をしっかりと覗《のぞ》いた。黒い目がとても綺麗でやさしいとサリは子供心に思った。

『君が精霊たちの声を聞くことができても、一緒にいる。妙な心配はしなくていい』

頬に涙で張り付いた髪をはらった新月の手がそのままサリの頭を撫《な》でて、背中を二度叩いた。

サリが精霊たちの声が聞こえることを、知っているのだ。そして新月はそれを厭《いと》っていない。

そう思ったらどっと安心感が込み上げて、途端、空腹を思い出したサリの腹が盛大に鳴った。

『とりあえず、なにか食べるものが必要ということだな』

新月はサリをしっかりと抱きかかえたまま夜の山道を歩き始めた。泣き疲れていたサリは、新月の首元にしがみつくようにして眠りに落ちたのだった。

オルシュの元へ連れて行かれ、新月に別れを告げるまでのたった数日。

新月のことは忘れるようにと、オルシュに強く言われてそう過ごしてきたが、あの深みのあるやさしい声も、サリを見つめた穏やかな瞳も、抱き上げてくれたぬくもりも、思い出さぬよう努めただけで忘れたことなど一度もない。

サリの名を呼び、サリがする精霊の話に耳を傾け、サリの言葉をいつも丁寧に聞いてくれた。多くを語る方ではなかったけれど、サリは一度だって新月の態度に恐れも躊躇《ためら》いも緊張も抱《いだ》いたことがなかった。自分が守られていることを感じていたし、この人でも精霊でもない生き物に自分が愛されていることを知っていた。

『消えないで』

別れの時、サリは新月にそう告げた。

サリの傍にずっと一緒にいれば、新月はこの世界から消えてしまうのだとオルシュに言われて、辛くて苦しくて仕方がなかった。本当はずっと一緒にいて欲しかったけれど、この世界のどこかに新月がいてくれることの方がサリには大事だった。

この世界で初めて、サリをひとりにしないと告げてくれたもの。

新月は出会った時と同じように少しだけ困った顔をして、両手でサリを抱き上げた。額をつけるようにしてサリの目を覗き込み、昼のあたたかな日差しの下で、穏やかな夜のような声でこう言った。

『君がそう望む限り消えはしない。だからもう泣かないで、しっかり大きくなれ、サリ』

その言葉をお守りのように胸の奥にしまい込んで、サリは生きてきた。オルシュのもとでも、山を下りてからも。

だが、エトが呼び出した白銀《しろがね》の姿を見れば、遠い昔に別れたサリのバクのことが容易に思い出されて、精霊たちの声を聞くことができなくなった寂しさから、新月を思うことも多くなった。

決して呼び出してはいけないけれど、それでも、もしもう一度新月と会うことがあったら自分はどうするだろう。

エトもラルフも寝静まり、世界の静けさが重く圧《の》し掛かる夜には、きっと新月が自分の名を呼ぶ声を聞いただけで泣いてしまうだろうと思った。もし呼ばれなくとも、ただ新月がサリを認めて小さく微笑《ほほえ》んでくれるだけで、心が満たされるだろうと。会いたかった、と子供のように泣き喚《わめ》いて、今までどこにいたのだと詰《なじ》るかもしれない。

それでも、新月を呼び出すことだけは決してすまいとサリは思っていた。今の自分はあまりに寂しくて、きっとエトが白銀に望むように、ずっと傍にいて欲しいと新月に願ってしまうだろうから。


そんな風に考えていたことなど、もはやサリの頭からはすっかり消え去っていた。

エトの願いを叶《かな》えるべく人々の魂《たましい》を喰《た》べ始《はじ》めた白銀は、ラルフの魂をも喰べてしまった。

白銀の表情のない目がサリとエトを捉《とら》えた時、サリにはもう助けを呼ぶことしか残されていなかった。エトに覆《おお》いかぶさるようにして地面に伏し、サリは声を限りにただ彼女のバクの名を叫んだ。

と、硬く緊張した体が、ふわりと宙に浮いた。

誰かが子供のようにサリを抱き上げたのだ。軽々と。

「大きくなったな、サリ」

深く落ち着いた穏やかな声。両脇を抱えあげられ瞠目《どうもく》するサリの目の前で静かな笑みを浮かべていたのは、紛《まぎ》れもなくサリのバクだった。

黒く長い髪が月明かりに照らされてしっとりと輝き、切れ長の黒い瞳がサリを見つめて眩《まぶ》しげに細められている。記憶とひとつも変わらないその姿、その表情。

子供の頃、新月はとても大きいと思っていたのに、今見る新月はラルフとそう変わらないくらいだとサリは思った。

つまり新月の言うように、サリが大きくなったのだ。

もしもう一度新月に会えたら、なんと言うだろう。そんなことを何度も考えていたのだけれど。

一瞬の間に、安堵《あんど》と喜びと懐かしさと焦《あせ》りと様々な感情と言葉が嵐のように体の中で渦巻《うずま》いて、サリは顔を歪《ゆが》めて新月に訴《うった》えた。

「新月、ラルフを助けてくれ。白銀に魂を喰われてしまった。どうしたらいいか教えてほしいんだ」

告げた時、とても不思議なことに、新月は笑った。

ぼろぼろと涙をこぼして、必死の形相《ぎょうそう》で訴えるサリを見つめて、確かに笑みを深めたのだ。

その意味をサリが量る前に、

「ああ」

新月は頷き、ちらとサリの後方を窺《うかが》った。

つられて振り返ると、微動だにしないラルフの向こうで、白銀もまた手をこちらに掲《かか》げたままの姿で動きを止めていた。ついさっきまで、白銀は明らかにサリとエトの魂を喰らおうとしていたのに。

(ラルフが止めたんだ)

なにを知っていたのか、ラルフは自分が白銀の暴走を止めると言っていたのだ。新月を呼び、助けを請《こ》えと言ったのもラルフだ。今度こそエトを助けると誓《ちか》って白銀の前に立った。

唇を嚙みしめ、両手の拳《こぶし》を握るサリを地面に下ろすと、新月は軽く頭に触れて、視線をラルフたちから自身へと向けさせた。

「ラルフが助かればいいのか?」

「……助かるのか？」

ごく軽く頷くバクに、サリは茫然《ぼうぜん》と訊《き》き返《かえ》した。新月はわずかに首を傾《かし》げる。

「そのために呼んだのだろう？　容易ではないが、皆を助けるのでなければさほど難儀《なんぎ》なことでもない」

言いながらすぐに新月が右腕を掲げようとしたので、サリは慌ててその腕を抱き込んだ。

「ラルフだけじゃない。皆だ」

「皆、とは」

「白銀も、白銀に魂を喰べられた人も、皆だ。皆を助ける方法を教えてほしい」

必死に言い募《つの》るサリを見下ろし、そうか、と新月は頷いた。じっと、サリの目を見つめる。

「この山が崩れても皆を助けたいと思うか」

「……どういう意味だ」

目を瞠《みは》ったサリの背後で、人の声が響いた。

「おい！　いたぞ！」

「気をつけろ！」

「魔物がいるはずだ！」

複数の声がこちらに近づいてくる。

それまで地面に座り込んで茫然とサリと新月を見上げていたエトが、弾《はじ》かれるようにサリの元へ駆け寄った。

「場所を変えた方がいいようだ」

新月が呟くと同時に、周囲の景色が一変した。

そこは、オルシュの小屋の傍、洞《ほら》のあるクスノキの袂《たもと》だった。

木々が焼かれ、消火されて燻《くすぶ》った臭いがし、煙が漂《ただよ》い、動かなくなった人々の姿が辺りに点々と佇《たたず》む先ほどまでの視界がまるで嘘のように、ここではすべてがいつもの静けさと穏やかさを保っていた。

精霊たちの声が聞こえたならその限りではないだろうが、少なくとも、今のサリにはそれらは聞こえず、目の前に広がるのはよく見知ったいつもと変わりない夜の景色だった。

そのことにほっとする間もなく、

「シロは？　ラルフは？」

ここに彼らがいないことに気づいてエトが不安げな声をあげた。新月は心配するなとでも言うように首を横に振り、ゆっくりとエトに近づくと目元を覆《おお》うように手を宛《あて》がった。

ことりと体から力が抜け落ち、新月に抱き留められたエトに慌ててサリが近寄れば、すうすうと寝息を立てている。

「この子供は白銀から離しておく必要がある」

真顔で呟き、新月はクスノキの洞の中にエトを横たえた。子供の頃、サリがこの場所をひどく気に入っていたようにエトにとっても心安らげる場所であることを知っているようだ。

洞から出てきた新月に、サリはもどかしく問うた。

「山が崩れるとはどういう意味だ」

「そのままの意味だ。白銀はエトの願いを叶えるために人々の魂を奪った。私が白銀から人々の魂をすべて引き出そうとすれば、白銀は主人の願いを叶えるために抵抗するだろう。もはや白銀にエトの声を聞くだけの意識は残っていない。ただ、エトの最後の望みが白銀の中にあるだけだ」

今現れたばかりだというのに、新月はここでなにが起きたのか正しく知っているようだった。

しかし相手はサリのバクなのだと思えば、それは当然のことのように感じられた。

「……白銀が抵抗すれば、山が崩れるほどの騒ぎになるということか」

「白銀に対抗しようとすれば、私の力もまたこの山に被害を及ぼす。私たちは互いに力を向け合ったことがないから、どれほどの事態になるのか想像がつかない。だが我々が山ひとつ容易に崩す力を持っていることは事実だ」

淡々と言われて、サリは知らず身震いする。

白銀はこの山の中腹にぐるりと巨大な霧の壁を立て、外部からの人の接触を一切遮断《しゃだん》していた。そのために、サリや魔物を退治できないと業《ごう》を煮やした村人たちが、壁の外側に火を放ってサリたちを誘《おび》き出《だ》そうとしたのだ。

サリが限界まで力を振り絞《しぼ》って魔法を発動させいくつかの火を消したが、後に現れた白銀はただその腕を一閃《いっせん》させただけで周辺に放たれ燃え広がりかけていた火をすべて消してしまった。

どれほど優秀な公安魔法使いにだって、あれほどの力はない。

それほどの力を持っていながら、

「どうして白銀は正気を失ってしまったんだ。あんなにエトのことを大事に思っていたのに。人の魂を喰べると、皆あんな風になってしまうのか？」

エトを見つめる慈愛に満ちた瞳や、好奇心でいっぱいの子供のような瞳。白銀の銀色の目はいつだってその感情を豊かに映《うつ》していたのに。人々の魂を喰べた時、白銀の瞳はなにも映していなかった。人形のように虚《うつ》ろで背筋がぞっとした。

「我々は人の感情に大きく拠《よ》ってしまう。普段その影響を受けるのは主人からのみだが、直接人の魂を呑み込めばそれらの影響を受けずにいることは難しい。憎悪や恐怖、恐ろしいものを消し去ってしまいたいという強い感情。多くの人々の魂を呑み込めば呑み込むほど、その意識に捕われ、自我を失っていく。白銀が呑み込んだ魂に、あまりに強い負の感情を持っている者がいるようだ」

そう言われて、真っ先にイジのことが浮かんだ。

サリを魔物と呼び、王都ザイルにまでサリを退治するための助けを呼びに行った男。

白銀に最初に魂を喰われたのはあの男ではなかったか。イジに伴《ともな》われてきた村人たちも、サりを倒したいという怒りと憎悪に満ちていた。

自分たちを脅《おびや》かすものが消えてほしいというエトの願いを叶えるために白銀は男たちの魂を呑み込み、男たちの持つ魔物を消し去りたいという憎悪と怒りの感情に引きずられて己《おのれ》を失《な》くし、手当たり次第に人々の魂を喰べ始めたのか。

そこまで考えて、ふと気づいた。

ラルフは、白銀に向かう前エトにこう言ったのだ。

エトも白銀も守ると。

「白銀が暴走を止めたのは、ラルフの意思に影響されたからか」

新月はそうだと頷いてみせた。

「白銀が呑み込んだ中で、あの男の魂だけが人々を守るという強い意思を持っている。サリ、エト、白銀だけでなく、呑み込まれたすべての人々を。または、未《いま》だ呑み込まれていない人々を。その意識が一時的にせよ白銀の暴走を止めている。だがそれも、ラルフの意識が勝っている間だけだ。時間が経《た》てば他の魂の意識が数で勝る。ラルフも呑み込まれてしまうだろう。動くなら今だ」

「……他に方法は？」

新月がこう話す以上、それ以外の方法はないのだと思いながらもサリは訊かずにはいられなかった。

〝山が崩れる〟という言葉はサリにとって、いつだって恐怖と苦痛をもたらす。

かつて山崩れを察知しながらそのことを周囲の人々に信じてもらえず、サリの村は土砂に埋まり、サリこそが山を崩した化け物と非難されて両親から山に捨てられた。

だからこそ山が崩れても皆を救いたいかと問われて即答できなかった。

この山はサリがオルシュと共に過ごした場所でもあるのだ。麓《ふもと》には村があり、そこで生活する人々がいる。山が崩れたら、また、村が土砂に埋まってしまう？　想像するだけで背筋が震える。それに、山が崩れるほどに新月と白銀が争えば彼ら自身はどうなるのか。

奥歯を強く噛み締めるサリに、新月は顔色一つ変えずに答える。

「エトの魂を喰わせればいい。主人を失えばその望みも消滅する。エトのために存在する白銀はその存在意義を失い、共に消滅する」

「そんなことはできない」

サリは青ざめて即座に首を横に振った。

ならば、と新月がサリの顔を覗き込んだ。長く黒い髪の檻《おり》に覆われて、世界にサリと新月しかいないような気分になる。新月はサリが心から安心する顔で微笑んだ。

「君を連れて逃げようか。一度はそう望んだだろう？　覚えていることが苦しいなら記憶をすべて消すこともできる。君は既に経験したはずだ」

大きな手で両頬を包まれて、新月の声は限りなくやさしく響いた。黒い瞳はサリのどんな願いも叶えると伝えていて、サリに自分の言葉が届くのを待っている。

新月の言葉に目を大きく見開いて息を止めた後、ゆっくりと、サリは泣き笑いの表情を返した。

「私のことなら、本当になんでも知っているんだな」

「消えないで傍にいると約束した」

逃げようかと、サリがラルフに弱音を吐いたのはついさっきのことだ。

その直前まで、サリは夢を見ていた。

それはエトの望んだ、サリとラルフ、白銀だけが暮らす平和な世界だった。

白銀はエトにだけでなく、サリにもやさしい偽《いつわ》りの記憶をくれた。

サリは公安魔法使いで、ラルフが公安精霊使い。サリには精霊の声が聞こえると迫害された過去もなく、親から捨てられた過去もなかった。ただ、精霊使いのオルシュに育てられたという記憶だけを持っていた。

その世界で、サリは人を恐れる気持ちを持たなかった。誰もサリを非難することはなく、公安魔法使いとして尊敬され感謝される日々を過ごし、己の仕事に誇《ほこ》りを持っていた。

イジたちが山に火を放ったことで夢から醒《さ》めれば、そこには、人々に祝福されて生きてきたサリなどおらず、人々に存在を望まれないサリがいるだけだった。

夢と現実のあまりの落差に、心が折れたのだ。

自分さえいなくなれば、山も焼かれない。自分に憎しみと怒りを向ける人々を目にすることもなくなる。エトだって怖い思いをしなくて済む。逃げることが最良の策に思えた。この恐ろしい場所から逃げたいと、一時的にでも、心の底から願ってしまった。

だが。

「それが私の望みだと？」

「違うのか？」

面白《おもしろ》そうに問い返した新月に、サリは小さく頷いた。

「違うみたいだ」

逃げるなと、怒ったラルフの声が脳裏に響く。

サリの両肩を痛いくらいに握り締めて、サリが逃げる必要などないと、あの男は本気で怒っていた。

——お前は、公安精霊使いだろう。化け物なんかじゃ決してない。

逃げたいと思う気持ちは、綺麗に消えている。

「助けに来いと言われているんだ。ラルフは、私のパートナーだから」

「そうか。ならばどうする」

サリのバクは、静かに笑みを深めて促《うなが》した。

皆を助けようと思えば、山が崩れる可能性が高い。

いつもであれば、サリが精霊たちから得た情報を元にラルフがすべての対策を考え行動に移すのだが、今ここにサリに口煩《くちうるさ》く偉《えら》そうに指示を出すラルフはいない。

この状況で、ラルフだったらなにを考え、どう動くだろう。

あの男はやり方はどうあれ、人的被害を最小限に抑え、その上で災害規模をできうる限り小さくする方法をいつも考えていた。

ラルフと人々の魂を助けることが最優先。そのために、新月にはなんの制約も受けずに動いてもらわなければならない。ならば山が被害を受けるのは必然。だが麓の村に被害を出すわけにもいかない。サリがすべきは、山崩れを最大限に防ぐこと。

周囲を見回し、精霊たちの声の聞こえない見慣れた景色を強く眺め、サリは新月を見上げた。

「私をリュウのところへ連れて行ってくれないか。ラルフが会ったと言っていたから」

精霊たちの声がわずかにも聞こえない不自然な山が、突如《とつじょ》騒がしくなったのは夜中のことだった。

その日、外部との接触を完全に拒《こば》む霧の壁の内側へ入ることを許されてラルフと会ったリュウは、そこで知り得たことを公安魔法使いゴスと公安精霊使いイーラに報告した。

ふたりは今回〝魂喰《たまぐ》い〟と古い文献に記されていた魔物への対処の指揮《しき》を任されており、同時に、公安局局長カルガノからサリにバクを早急に解放するよう言伝《ことづて》を託《たく》され、この山に先行していた。王弟デューカが美しい魔物に並々《なみなみ》ならぬ執着を見せており、魔物の捕獲に意欲を燃やしていることを強く憂慮《ゆうりょ》していたためだ。

魔物が人に害を為《な》さないうちは徒《いたずら》に刺激を与えず、主人による魔物の解放を促すようにというカルガノからの指示を正確に理解しているふたりは、サリたちにとっても、リュウにとっても信頼のおける上席だった。

山の中腹に突如現れた霧の壁はやはり〝魂喰い〟によって作られていたこと。その壁の内側で、ラルフやサリたちは記憶を改竄《かいざん》され、エトという少女の望む世界を生きていること。しかしラルフが正気に戻ったため、今後、内側からなんらかの動きがあるだろうこと。

「あのバクは白銀という名だそうです。バクは主人の心に寄り添い、その願いを叶えずにはいられない存在だとラルフが話していました。エトは――あの白銀の主人である女の子は、サリとラルフと白銀だけで過ごす世界を望んでいたようです。とても穏やかな日々だったとラルフが言っていました」

入り口の幕をひたりと閉ざした幕舎の中は、しばらく三人の沈黙で満ちた。

ゴスが眉根《まゆね》を寄せ、こめかみを揉《も》みながら口を開いた。

「カルガノ局長からも同様の話は聞いている。〝魂喰い〟は人でも精霊でもなく、人の心が生み出したものだと。強い孤独を持つ者が呼び寄せ、主人の孤独を癒《いや》すために力を振るうとか。これだけ聞くととても周囲に害を為すようには思えないが、今回のことで、〝魂喰い〟は主人の意思ひとつで周囲の人々への害になる可能性を充分に秘めていると理解した。我々が壁の外に追い出されただけで済んだのは、ただあの少女――エトに我々を害する気持ちがなかったという、それだけのことだ。多くの人間を瞬時に別の場所に移動させる力も、どんな魔法も効かない霧の壁を作り出す力も、あの巨大な壁を数日にわたり維持《いじ》させる力も、人のものではあり得ない。この国一番の魔法使いであっても、あのようなことはできまいよ。〝魂喰い〟の話を聞いた時には、ただ得体が知れず不気味だと感じた。だが今、主人が我々の存在を消してくれと願えば、〝魂喰い〟が一瞬で我々を消すことができるのだと理解した。とても、とても危うい存在だ。鍵《かぎ》は主人であるエトだな。彼女をこれ以上追い詰めないことを考えなければ」

ゴスは幕舎の入り口に鋭い視線を送った。閉ざされた入り口から外は見えないが、その視線の方向にはデューカの私設護衛隊の幕舎が連なっている。

魔物を捕獲するために派遣《はけん》されたあの面々が、エトを精神的に追い込んだことは間違いない。そして、この村の住人たちも。

「カルガノ局長が事を慎重に運ぶようにと何度も仰《おっしゃ》ったことの意味がよく分かるわ。それでいて、〝魂喰い〟をエトから解放させなければならないと仰った意味も。このままでは、何《いず》れエトが〝魂喰い〟を通して人々を傷つけてしまう可能性がある。そうなれば我々はエトも処罰《しょばつ》しなければならなくなるわ。彼女は、ただ静かに暮らしたいだけなんでしょうに」

霧の壁が外部との接触を拒むだけではなく、エトの夢を叶えるためのものであったと知らされて、精霊使いイーラはやるせない表情を隠さなかった。同じ精霊使いとしても、この場所でエトやサリに向けられる視線のあまりの厳《きび》しさに恐怖すら覚えると呟いた。

「なんにせよ、今の我々には待つことしかできない。あの壁の内側で、エトが落ち着いた状態で〝魂喰い〟を解放できることを期待したいが、まずはリュウがラルフと接触して内部の状況を把握《はあく》できたことに感謝しよう。ラルフの目が覚めたことにも」

息苦しい空気を多少変えようとしたのか、ゴスがわずかに声音を明るくした。すぐにその意図を悟ってイーラも破顔した。

「ええ、そうね。リュウのお陰だわ。あなたが行かなければ、彼らは一生霧の壁の内側で夢を見て生きていく可能性だってあったんだもの。すべてが膠着《こうちゃく》状態でお手上げの気分だったけれど、少しは前進したと思っておきましょう」

本来、気象課所属のリュウはこの現場において例外的な存在である。今後も、公安局局員とは別行動し、ラルフと接触を図るようゴスから言い渡される。

「この先万が一霧の壁が消えた時には、エトの保護を最優先で考えないと」

「そうね。護衛隊の隊員たちもそうだけど、この村の人々の動向にも注意しておく必要があるわね。エトだけでなく、サリのことも保護対象だと認識しておきましょう」

疲れただろうから今日はもう自分の幕舎で休めと言われ席を立ちかけたリュウに、イーラが思い出したように声を掛けた。

「ねえリュウ、霧の壁の内側では精霊たちの声は聞こえたかしら」

努めて明るく問われた言葉の奥にある不安に気づき、リュウはにっこりと微笑み返した。

「霧の壁の外でも、一度だけ水の精霊が俺に声を掛けてくれたんですよ。サリの友達だから、元気でやっているのかだけでも教えてほしいって頼み込んだんですけどね。霧の壁の中に入ったら一気に彼らの声が聞こえてきました。記憶の戻ったラルフを盛大にからかっていましたよ」

「やっぱり精霊たちは自分の意思で喋《しゃべ》らないでいるのね」

霧の壁ができてから、精霊たちの声がまったく聞こえなくなったことに公安精霊使いたちは大きく動揺していた。〝魂喰い〟の影響だろうとは思いつつも、イーラも不安に感じていたのだろう。

リュウの答えに安堵の表情を見せた後、イーラはつまりと眉を下げた。

「私たちがサリやエトの味方だと認識されなければ、彼らは声を聞かせてくれないということね」

「もしくは、彼らが黙ってはいられない事態が起きた時か」

「それってどんな事態？」

冗談めかして言ったリュウに呆《あき》れた顔を向けたイーラは、呼び止めて悪かったわ、とリュウに退出するよう促した。

それが、夕方のできごと。

記憶を取り戻したラルフがサリたちの元へ戻ればなにか事態が動くかもしれない、とリュウは霧の壁の様子を定期的に幕舎の前から見ていたが特に変化は見られない。

自分は霧の壁の内に招き入れられたのだからと、多少の期待感を持ちながら山裾《やますそ》を流れる水路へ足を運び、水の流れに向かって中の様子を問うてみたが、水の精霊たちは笑い声ひとつ返してくれなかった。

外側からはただ不気味で、得体が知れず不安な気持ちを呼び起こさせる霧の壁の向こうで、たとえその方法に問題があろうと、幼い少女がただ安心して暮らすことのできる夢の楽園が作られていたのだと思うと、リュウの胸には苦い思いが込み上げる。ラルフから聞いた、偽りの記憶を持つサリのことを思うと尚更《なおさら》だ。夢から醒《さ》めたサリは、一体なにを思うだろうか。夢がサリにとってあまりにやさしく甘ければ、サリは夢の中の住人でいることを望むかもしれない。

ラルフは、そんなサリの目を覚まさせることができるだろうか。

そこまで難しい顔で考えていたリュウは、ふと口元をほころばせた。

ラルフがサリの気持ちを慮《おもんばか》るだろうと考えた自分がおかしかったのだ。

正直、ラルフの変化は嬉しい誤算だった。

デューカの追手から逃げるため王都ザイルを出た際にはサリを気遣う意識も余裕もまったく

なく、自分の身に訪れた不幸で頭がいっぱいになり、エトにはただ恐れられ、サリにはやたらと強く当たっていたから、心ない態度でサリを不必要に傷つけているのではないかと心配していたのだ。

だが、さっき会ったラルフからはサリやエトに対する不遜《ふそん》さは驚くほど感じられなかった。あのラルフが精霊たちとの会話を受け入れている様にも驚いたが、随分《ずいぶん》とこの状況に馴染んでいることも分かった。

なにより、偽りの記憶が解けたサリを気遣ってほしいと告げた時、ラルフはわずかに目を見開いた後、眉間《みけん》に皺《しわ》を寄せたのだ。困惑したようにも、動揺したようにも見えた。

それは確かにサリの心情を思っての表情で、リュウはそのことにひどく安心した。

今のラルフなら、自身の力を取り戻すことだけを考えて動いたりはしないだろう。

しかしラルフの態度があれほど変わるとは、王都を出てから今までで、彼らの間に一体どんなことがあったのか。サリに会ったら詳《くわ》しく話を聞きたいし、サリがラルフのことを今はどう感じているのかも知りたい。

サリにも、エトやラルフと過ごす日々はなんらかの変化を与えたのではないだろうか。

早く、サリの顔を見たい。

そんなことを思いながら眠りについた深夜、突如《とつじょ》、水の精霊たちのけたたましい声がリュウの世界に溢《あふ》れたのだった。

鼓膜《こまく》が痛みを覚えるほどの音の洪水に、リュウは両耳を押さえながら飛び起きた。

水の精霊たちが叫んでいる。これまで、頑《かたく》なに沈黙を保っていた水の精霊たちが。混乱、怒り、焦り。様々な感情が声から伝わってくるのだが、まるでこの辺り一帯のすべての水の精霊たちが一斉《いっせい》に騒いでいるかのようで、彼らの声をひとつひとつ拾うことができず、なにを言っているのかが分からない。

なにかとんでもないことが起きている。それだけを感じてリュウが幕舎を転がり出れば、周囲の幕舎からも次々と公安精霊使いたちが自身の耳を押さえながら外に飛び出し、皆こぞって不安そうに山を見上げていた。

「頭がおかしくなりそうだ。皆が一斉に騒いでいる」

「火よ。誰かが山に火を放った。とんでもない勢いで広がっているって」

「精霊たちが怒っているわ。これ以上聞くとおかしくなりそう」

確認する限り、あらゆる精霊たちが声をあげているらしく、必死で耳をこらし彼らの声を拾おうとする公安精霊使いたちは、突然の音の洪水にその場に膝をつく者が大勢いた。

「護衛隊の一部の者たちの姿が――魔法使いたちの姿がないようです」

辺りの様子を見回ってきた公安魔法使いのひとりがそう報告すると、ゴスは即座に山を見上げ、魔法使いを数人指名して、山の裏手に待機している魔法使いたちと合流して消火に向かうよう告げた。私設護衛隊の動向と霧の壁の変化に注視し、深入りは避けるようにも厳命する。

リュウたちの幕舎や村がある場所からは火の手はまるで見えない。だが、山の裏手で恐ろしい勢いで火が広がっている、と脂汗《あぶらあせ》をかきながら火の精霊たちの声を拾う精霊使いが呟いた。

直《す》ぐに、山の裏手に構えていた幕舎からも報告が入り始める。闇《やみ》の中を報告を届けるための魔法の光が次々に飛んでくる様が、流れ星が目の前を飛んでいるかのようだ。

ゴスは〝魂喰い〟が動くことを警戒して残りの公安魔法使いたちと山の様子を窺い、火以外の精霊たちの声を聞くイーラは、あまりに多くの精霊たちの声を聞いて一時的に聴覚を失った混乱している公安精霊使いたちに場を離れて休息を取るよう指示を出しつつ、自身は青ざめた顔をしながらも精霊たちの声を拾い続けた。

こちら側からは一見、夜の静けさだけが漂う真っ黒な山を見上げ、リュウもまた吐き気を催《もよお》しながらも水の精霊たちの声をひとつでも拾おうと必死だった。山裾《やますそ》の水路脇に両膝をつき、ただただ彼らの声に集中する。

最初はわんわんとしてまるで意味をなさなかった音が少しずつ拾えるようになり、やがて声になる。

――サリが来た。サリが来た。

――火が消えた。

――まだだ。まだ消えていない。

――また付いた。

――サリはもう消せない。

――サリが泣いているよ。

――サリ泣かないで。

――銀色の子が来たよ。小さいのが怒っている。

――みんな消えてしまうからもう大丈夫。

――ああでも、銀色の子はもう話せなくなるね。

――残念だね。

――残念だよ。

――でも仕方がない。

――仕方がない。

精霊たちの声は生々しく、緊迫した山中の状況を伝えてくる。サリもエトもそこにいるのだと思うと、今すぐにでも駆けつけたくなる。

だが、続く不穏な会話にリュウは胸騒ぎを覚えた。

「……お、おい、みんな消えるってどういうことだ」

思わず呟けば、声が返された。


——消えるの。

——小さいのが望んだからね。恐ろしい人の子は皆動かなくなる。

——そうしたらサリももう泣かない。

——小さいのも泣かない。

——よかったね。

——よかったよ。


ふらりと顔を上げてみれば、いつの間にか山の中腹から霧の壁が消えている。

(〝魂喰い〟)

古い文献に載っていたというバクの呼び名が脳裏を掠《かす》め、青ざめたリュウは幕舎へと戻り、ゴスとイーラに精霊たちの声を報告しようと駆けた。

果たしてリュウの予想は微塵《みじん》も違《たが》わず、先にゴスが消火と偵察《ていさつ》のために送り出した公安魔法使いたちが、信じがたい報告をゴスに送ってきたところだった。

ゴスは幕舎の前に立ち、山の向こうから次々に飛んでくる〝声〟を前に表情を硬くしていた。

消火・偵察部隊が山を登りかけていると、何人かの村人たちが血相を変えて駆け下りてきたという。

山に火を放ったのは、サリを化け物と呼び退治するよう強く主張していたイジという男を筆頭に、イジに賛同する村人たち。それを手助けしたのが、どうやらデューカの私設護衛隊の隊員、魔法使いシンたちのようだった。

山に火を放てば、サリたちを誘き出せるのではと考えたらしい。

目論見《もくろみ》通りサリは霧の壁を出てきたが、村人たちも、恐らくは護衛隊の隊員たちも予測していなかったできごとが起きた。

『一緒に現れた魔物に、体から光のようなものが吸い取られると次々に仲間が動かなくなったと村人が言っています。護衛隊の隊員たちも同様だそうです』

「全員、村人たちを連れて直《ただ》ちに戻れ。他にも逃げてくる者がいないか確認を怠《おこた》るな」

即座にゴスは命じ、イーラたち公安精霊使いにも精霊の声をつぶさに拾うよう命じる。

「精霊たちは〝魂喰い〟のことを〝銀色の子〟とか〝あの子〟と呼びます。〝小さいの〟と呼ぶのはエトのことです。ラルフのことは〝大きいの〟と呼んだり名前で呼んだりするようです。サリのことは名前で」

リュウの助言を受け、精霊使いたちが苦労しながら騒ぎ立てる精霊らの声に集中している間に、ゴスは村長を呼んで山での異変を知らせ、以前より説明していた通り村人たちの避難準備を整えるよう言い渡す。

リュウは再び必死に水の精霊たちの声を拾っていたが、

――……が飛び込んでいった。

――銀色の子が止まった止まった。

――かわいそうに。あの子はもう笑わないし喋らない。

――ラルフが止めた。銀色の子に飛び込んだから。

――今度は夜の子が来た。

――久しぶりだ。夜の子が久しぶりに来た。

――サリが喜ぶ。

やがて聞き逃《のが》せない声を拾いはっと顔を上げると、その場にいた精霊使いたちもまた、同じ情報を得たことが分かった。

「イーラ様、今、風の精霊たちが〝魂喰い〟が動かなくなったと騒いでいます！」

「〝魂喰い〟の動きが止まったそうです！」

「喰べるのを止めたと」

次々と上がる報告に眉間に深く皺を刻み、イーラが答えている。

「私も同じ声を聞いたわ。風も水も土も、同じことを言っている」

おお、と辺りにわずかに明るいどよめきが起きた。

だが同時に、精霊使いたちは自分たちが拾った声の意味を理解できずに互いに話し合っている。

「ラルフが魔物に飛び込んだと言っている。どういう意味だ」

「ラルフが止めたんじゃないか?」

公安魔法使いラルフと言えば、誰もがその名を知っている若くして王都守護を任されたエリート魔法使いだ。

魔物を倒したのでは、という期待が皆の間に広がっていく。

「〝夜の子〟と言わなかったか?」

「私も聞きました。また別のなにかがやってきたような様子ですね」

「リュウ、〝夜の子〟は誰のこと?」

イーラに問われたが、リュウは知りませんと首を横に振った。

「ラルフは、〝魂喰い〟を止めたのかしら。それとも」

そっとリュウの傍に近づいて声を落としたイーラに、リュウは小さく頷いてみせた。

「〝喰われた〟んだと思います。でも、」

ああ、とイーラが呻《うめ》き声をあげるのを見て、リュウは慌てて誤解を解こうとした。

ラルフが白銀に、もしもの時には自分に喰われてほしいと願われていたことを、リュウはゴスにもイーラにも伝えていなかった。その言葉にどんな意味があるのか分からず、ましてやラルフは自分は決してそんなことはしないと言い切っていたからだ。

だが精霊たちの声は、ラルフが白銀に飛び込んだと告げていた。

だからラルフはただ〝喰われた〟わけではないはずだと伝えようとしたが、それがラルフ自身の無事を意味しているわけではないことに気づいて背筋が凍り付く。

(あいつは、無事なのか)

「ただいま戻りました！」

その時、山から逃げ下りてきたという村の男ふたりが、公安魔法使いに保護されて慌ただしく戻ってきた。

男たちは夜目にも分かるほど顔を白くし、唇をぶるぶると震わせていた。

ゴスと共にその場にいた村長の姿を見るとあっと顔を歪め、我先にと訴え始める。

「村長、お、俺は山を焼くなんて止めた方がいいって言ったんだ。本当だ。化け物がなにするか分かんねぇし、止めようって。でもイジたちが村を守るためだって言うから……」

「でもみんな化け物にやられちまった。あいつが出てきたら突然みんな動かなくなっちまって」

「サリにやられたのか!?」

村長の気色ばんだ声に、リュウはかっと叫びそうになったが、その前に男たちがぶんぶんと首を横に振った。

「サリじゃねぇ。銀色の化け物だ」

「あいつが手を掲げたら、あいつの手に吸い込まれるようにイジたちの体から光が飛び出していってみんな動かなくなった。ドルジもヤツバもみんなあの銀色の化け物にやられちまった」

「動かなくなったとはどういう意味だ。死んだのか」

「わ、分からねぇ。突然、立ったまま動かなくなったから。呼びかけても全然聞こえていないみたいだった。俺たち、とにかくあの化け物に見つからないように必死で逃げてきて」

顔を覆い地面に伏して泣き崩れる男たちを前に重苦しい沈黙が漂う。村長もなにかを言いかけたが言葉を失い、拳を固く握りしめた。

「何度も申し上げていますが、サリは私たちと同じ公安精霊使いです。サリに人を傷つける力はありません。不当にサリを貶《おとし》める発言はやめてください。それ以前に、なにが起きるか予測がつかないため、我々に断りなく山へ入るのはやめてくださるようお願いしたはずです」

そんな中、断固とした声で村長に告げたのはイーラだった。

「だ、だが、結局サリがその化け物も連れてきたんだろう。あんたたちが化け物をなんとかするんじゃなかったのか！　うちの村の者に被害が出たんだぞ！　あんたらがいつまでもここでなにもせずにいたからこんなことになったんじゃないのか。化け物退治ひとつろくにできず、なにが公安局だ」

自分が責められたと感じたのだろう。村長は顔を真っ赤にしてイーラに怒鳴り返した。

あまりの暴言に周囲にいた公安局局員たちが顔色を変えるが、ゴスとイーラが目線でそれを制す。

「我々の役目と今起きていることがあなた方に適切に伝わっていなかったことを残念に思いますが、今それについて議論している暇《ひま》はありません。村に残った人々の安全のため、あなたには村人をまとめてもらう必要があります。山に入ったあなた方にはもう少し話を聞きたい。残ってください」

ゴスが丁寧に断ったが、村長はその場を去ろうとはしない。

「いや、私も話を聞く。こんなことを一体どうやって村の者たちに説明しろと言うんだ。お前の夫たちが化け物にやられたから逃げる準備をしろとでも言えばいいのか？」

食って掛かる村長を止めたのは、ゴスでもイーラでもなかった。

「彼らはまだ死んだわけじゃない。彼らを助けるためにできる限りのことをするつもりだ。だから、どうかこれ以上村の人たちに不要な被害が及ばないよう、協力をお願いしたい」

女性にしては低く淡々とした声が、突如辺りに響いた。リュウには聞き馴染んだ声。

「サリ！」

一体山の中でなにがあったというのか。体中土にまみれて、顔も薄汚れている。

けれどこの場に集《つど》う公安局局員たちや村長、村人らの視線を一心に受けても、サリは視線を足元に下げることはなく、真っすぐに顔を上げていた。

こんな風に、大勢の人々の中に堂々と入ってくるサリをリュウは初めて見る。人のたくさんいる場所で、サリはたいていひそやかに、極力目立たないよう振る舞うのに。

サリはリュウの前まで歩いてきた。真剣な顔をして、リュウの目を見つめる。

「リュウ、力を貸してほしい。ラルフや皆を助けたいんだ」

頷きかけたが、横から割って入ってきた声に言葉を奪われた。

「助ける？　お前が村の者たちを助けるだと？」

村長だった。

男は怒りに震え、サリに向かってきた。

リュウはサリを庇《かば》うべく前に立とうとしたが、サリがそれを止めた。向かってくる村長を見《み》据《す》えている。

村長はサリに指を突き付けて怒鳴った。

「そもそも、お前が化け物を連れてきたんだろう？　その化け物が村の者たちを殺した。それをどうやってお前が助けると言うんだ。これ以上不要な被害が及ばないように、だと？　まだ村の者たちになにかするつもりなのか。もうこれ以上村の者たちに手出しをするのはやめてくれ。化け物も、この連中たちも連れて、とっとここから出て行ってくれ。頼むから」

いつしか両膝をつき力尽きたように訴える男が、本気で言っていることが伝わってくる。

サリが村長の言葉を受け止めながら、何度か目を瞬《しばた》かせるのをリュウは見ていた。薄《うっす》らと目に水の膜《まく》が張られても、それは最後まで零《こぼ》れ落《お》ちることはなく、目の奥に再び吸い込まれていった。

一方でゴスやイーラ、周囲で見守る公安精霊使いたちの表情がみるみる険《けわ》しくなり、今にもイーラがなにか叫びそうになっているのをかろうじてゴスが抑えている。

いつもの通り、サリは一度目を閉じて、そして口も閉じてしまうのだろうとリュウは思ったが。

肩で息をする村長の前で、サリは小さく息を吸った。その場に片膝をつき、男と目を合わせようとする。

「村長、イジたちはまだ死んでいない。確かに、白銀は私が連れてきた。何も起きないうちに解放するためだったが、うまくいかなかった。私は誰かを傷つけたいと思ったことは今まで一度もない。今回もこんなことは望んではいない。だから彼らを助けたいと思っているが、そうすれば山が荒れることになると聞いた。ひどければ山崩れが起きる可能性がある。だから万が一のことを考えて、村の人たちを避難させてほしい。村に被害が及ばぬようできる限りのことをする」

かっと村長は目を見開き、サリの胸倉を摑んで立ち上がった。小さなサリの踵《かかと》があっという間に宙に浮かび上がる。

「山崩れ⁉　山崩れだと⁉　お前、山を崩すつもりなのか！　そんなことは決して許さん。許さんぞ！」

「サリを放しなさい！」

「やめろ」

イーラとゴスが同時に叫び、ごっと、体が押し倒されるような強風が吹いた。村長の体がよろめき、サリの踵が地に着く。

「落ち着け」

イーラとゴスの叫びに交じり、ひどく落ち着いた声が響いた。

声の主はサリと村長の間に突如現れ、サリの胸元から男の手を放させた。

「お、お前はなんだいきなり……」

憤《いきどお》りのままに相手を見上げた村長は、その姿を認めるなり、ひっと悲鳴を発して後ずさった。

リュウもまた、すぐ傍に現れた影を見て言葉を失っていた。

恐ろしいほどの美貌《びぼう》と背の半《なか》ばまでもある長い髪。その姿は、容易に白銀を思い起こさせる。違いは、漆黒《しっこく》の髪と瞳というその色だけだった。

「ば、化け物だ……！」

「あいつ、あいつがイジたちを喰ったんだ！　追いかけてきたんだ！」

白銀に仲間の魂を喰われた男たちが腰を抜かしてその場に尻もちをつく。

ゴスや他の公安魔法使いたちは一斉に身構えるが、公安精霊使いたちは一様に辺りを見回し、困惑した表情になった。白銀によく似た存在が現れた途端、精霊たちが喝采《かっさい》の声をあげるのが聞こえたからだ。

――夜の子が来たよ。

――夜の子だ！

――サリを守って。

――夜の子を見るのは久しぶりだ。

――早く大きいのを助けてやれ。

――小さいのが泣くから、銀色の子も助けてあげて。

後でイーラに確認したら、そんな声があがっていたそうだ。

村長のサリへの暴言や態度に少なからず憤っていた公安精霊使いたちは、精霊たちの声を聞き、現れたものが新たな〝魂喰い〟であることを理解しながら、それがサリを守るために現れたと知ってわずかに警戒を解いた。

イーラがゴスに構えを解くよう告げて、ゴスが魔法使いたちに同様に伝える。

そんな中、新たに現れた美貌の存在は一心にサリを見つめていた。乱れた胸元を整えてサリの頭を一度やさしく撫で、頬にはねている泥《どろ》の跡を拭《ぬぐ》おうとした。親が幼い子供にするような仕草だった。

「……新月、まだ呼んでないのに」

咳《せ》き込《こ》みながら、苦しげにサリが言うのが聞こえた。

「サリ、時間がないことを忘れるな。話をしても無駄だ。見せろ」

新月とサリが呼んだそれが片手を無造作に振る。

途端、サリの背後に複数の人影が現れた。その人影を認め、辺りが大きくどよめく。

「イ、イジ！　ドルジもヤツバも！」

「オット！　キッコ！」

今まさに、新月から逃げようとしていた村人たちが奇声を発しながら駆け戻ってくる。彼らは泣きながら人影に抱き付いた。

それらは精巧《せいこう》な人型の彫像のようだった。足を一歩踏み出しかけたり、松明《たいまつ》を掲げたり、なにかを探すように目を見開いたり、逃げ出しかけたそのままの姿で時を止めていて、まるで人形のように動かない。

仲間が呼びかけても瞬《まばた》きひとつせず、もちろん返事をすることもない。

そんな中、ゴスがおもむろに近づき、動かない人々の左胸に順に手を当てていった。

「生きている」

「まさか！」

驚きのあまり身動きすることを忘れていた村長が、慌てて近くにいたひとりの胸に耳を宛がい、目を見開いた。

「動いている」

「死んでないぞ」

逃げてきた男たちがわあわあと泣きながら抱き合う傍で、公安魔法使いたちが厳しい顔をして見つめる人影があった。

「ラルフがいるぞ」

「ラルフだ」

多くの人々は何が起きたのか分からない、もしくは目の前で起きた信じられないできごとに恐怖する表情をしている中、ラルフだけは、前方を強く挑《いど》むように見据えていた。

自ら相手に立ち向かっていったことが窺える姿勢だった。だが、彼もまた瞬きもせず、声も発さず、蠟《ろう》で固められたように止まっている。

リュウはその並びに、デューカの私設護衛隊の魔法使いシンの姿があることも確認した。他にも護衛隊の隊員たちの姿が見える。皆、人差し指を構えて魔法を繰り出す姿勢のまま固まっていた。

「サリ、あなたがなにをしようとしているのか私たちに分かるように説明して頂戴《ちょうだい》。彼は、あの女の子が呼び出した〝魂喰い〟と同じ存在ね」

村人たちの心音をひとりひとり確かめている村長たちの姿をじっと見つめていたサリにイーラが近づいた。

肩を揺らしたサリはイーラに向き直ると、はいと頷いた。

「驚かせてすみません。新月は、幼い頃私が呼び出したバクです。遠い昔に短い間一緒にいましたが、別れを告げてから、呼び出したのは今日が初めてのことです。養い親に強く言われて二度と呼び出すつもりはなかったのですが、ラルフがバクに喰われた魂を取り戻す方法を新月に聞くよう言ったんです」

サリは一度言葉を切って視線をさまよわせ、背後のラルフを見つめた。動きを止めたラルフを見るその目に、力が込められる。

「ラルフは白銀の暴走を止めると言って、自ら白銀に魂を差し出しました。白銀が今動きを止めているのは、ラルフのお陰《かげ》です。私たちも白銀に喰われそうになって、新月に助けを求めました」

「彼らを助けることができるの？」

「新月も同じバクなので、人の魂を引き寄せることができると。新月が引き出した魂を彼が取り込まなければ、元の器に帰るそうです。ただ、白銀は主人を守ろうとして彼らの魂を求めたので、新月がその魂を引き出そうとすれば強く抵抗するだろうと」

「山が崩れるかもしれないほどに？」

「はい」

サリははっきりと答えた。

そうして、イーラを、ゴスを、周りに集《つど》う公安魔法使いたち、公安精霊使いたちの顔をひとりひとり見つめて言った。

「だから、皆さんに力を貸してほしいと思ってここに来ました。新月たちがぶつかることでどれほどの被害が出るのか分かりません。でも、私は彼らを助けるとラルフと約束しました。ラルフなら、魂を奪われた人たちを助ける方法があればそれを試すことを躊躇わないでしょうし、そのために避けられない被害をどれだけ最小限に抑えられるかを考えて動くはずです。皆の魂が元に戻っても、山が崩れて村に被害が及ぶようなことにならないよう、どうか力を貸してください。私の力だけでは、守ることができない」

その場で、深々と頭を下げたサリに空気がざわついた。サリが今話して聞かせた内容にというより、サリが助けを求めて頭を下げてみせた、その態度により驚いたといった様子だ。サリの同僚でもある公安精霊使いたちは、互いに顔を見合わせて信じられないものを見たという顔をしている。

リュウもそんなサリを見て驚いていた。

リュウが記憶する限り、サリは誰かに頼ることをしない公安精霊使いだ。パートナーであるラルフには仕事上必要であればその力を借りるが、個人的な悩みがあったとしても、同僚である精霊使いたちを頼ることは一切ない。

単純に人を頼る術《すべ》を知らず、同僚たちからも異質な存在として距離を置かれ、いつでもひとりだったからだ。そのことをサリは特に不自由とも思っていないようだった。

リュウを唯一の友達と呼びながら、そのリュウにさえ頼みごとをしたことは数えるほどしかない。

イーラは注意深くサリの言葉を吟味《ぎんみ》しているようだった。

「それが終わったら、あなたは〝魂喰い〟を、いいえ、あなたの新月を解放できるのかしら」

「します。白銀も、必ず」

頭を上げたサリは迷わず即答した。イーラの口元に笑みが浮かぶ。

「待て！　お前たち、サリの言うことを信じるのか？　お前たちはサリにそんな力はないと言ったが、その化け物には山を崩す力があるんだろう。やはりこいつがイジの村を埋《う》めたんだ。そんな化け物に力を借りると言うのか」

それまでずっと黙って事の成り行きを見ていた村長が再び声をあげた。

またか、とうんざりした空気がリュウたち公安局局員たちの間に流れるが、男はそんな空気には微塵《みじん》も気づかずイーラとサリを睨《ね》めつける。

だがその顔色がさっと変わった。サリの傍らで黙っていた新月が静かに男に向かって足を踏み出したからだ。

「私が初めてサリの元を訪れたのは、サリが山中に捨てられていた時だ。それはサリの村で山崩れが起きた後のことだろう。山を崩したことなどこれまでに一度もない。サリがそんなことを望んだことが一度もないからだ。サリが望んだのはひとりにするなというそれだけだ。私たちを呼び出す人の子が望むのはいつもそれだけだ」

「な、なにを言っているんだ。来るな！　近寄るな！」

「新月、もういい」

魔物が近寄ってくることが恐ろしいのか、村長は魂を奪われた村人らの背に隠れ、新月の言葉を聞く余裕もないらしい。

新月はサリに止められて、不満そうな顔をしながら男に向かうのを止めた。それを見て腹立たしく思ったのか、村長は人形のようになった村人たちの間から今度はイーラやゴスたちに向けて言い募《つの》る。

「突然皆を助けたいなどと、サリがなにを考えているのかは知らんが、その化け物がイジたちのされたことと同じ真似を我々にしないとどうして言い切れる。もしそうなったら、我々は全滅するんだぞ。その時お前たちはどう責任を取るつもりだ」

皆が全滅するなら、誰も責任を取る必要などないだろうと毒づきかけたが、リュウはかろうじてそれを吐き出すのを堪《こら》えた。

サリは男の言葉に微塵も動揺した様子がなかった。

イーラたちが反応する前に村長の顔を真っすぐに見返し、毅然《きぜん》と告げる。

「新月は私が望まないことはしないが、もし人の魂を引き寄せるような真似をした時には、私の魂をもって鎮《しず》める。主人がいなくなれば、バクは消える」

「サリ」

咎《とが》めるように新月が名を呼ぶ。

「イーラ、ゴス、このことをよく覚えておいてください」

なにかあれば、サリをバクに喰わせろと告げたのだ。

サリの声に覚悟を感じて、ふたりはただ分かったと頷いた。

サリの言葉の意味を、さすがの村長も理解したようだったが、何故サリがそんなことを言うのかまでは分からないでいるようだ。

「お前は一体、なにを考えているんだ」

男が、これまでの自身の思い込みと目の前のサリの言葉の整合性を取ろうと必死になり、混乱を来《きた》していることが傍《はた》から見ていてもよく分かった。サリは不思議そうな目をして答える。

「ただ、彼らを助けたいだけだ」

「何故」

喘《あえ》ぐように問うた男の言葉に苦笑しかけて、サリはふと顔を引き締めた。

「私は、公安精霊使いだから」

確かな決意を感じさせて清々《すがすが》しく響く言葉を聞きながら、何故かリュウは、白銀に精霊の声を聞く力を奪われて消え入りそうになっていたサリのことを思い出した。

この力を失えば、もう自分は公安精霊使いではいられないと言っていたのに。

そうでなくとも、サリは公安精霊使いという職について、自身の能力が受け入れられる居場所と捉えている節があり、その職務に達成感や誇りを抱いているように見えたことは一度もなかった。

精霊の声を聞く力を失ったサリが、今、自らを公安精霊使いと名乗ったこと。

この世界のどこにも馴染まないでいたサリが、今はっきりと世界に足をつけたことをリュウは感じていた。

2

真夜中の山中で、月明かりを浴びて佇《たたず》む白銀《しろがね》は、彫刻のように美しかった。

サリたちが最後に見た姿のまま、ひっそりと立っている。

火が放たれ、混乱を来《きた》した辺りは夜の鳥の気配すらなく、静まり返っていた。

新月《しんげつ》が、白銀に向かい手をかざす。新月が真正面に立っても、白銀はぴくりとも反応しない。

すぐに薄青い光が白銀の胸の辺りから浮かび上がり、光の線がゆるゆると飛び出してくる。

それまで、微動だにしなかった白銀の指先がわずかに震えた。彫像のようだった顔の中央、眉《まゆ》が不快げに顰《ひそ》められる。

そしてゆっくりと、色のない瞳が新月を認めた。

自身に手を伸べ、呑み込んだ人々の魂《たましい》を引き寄せようとする新月の力を断ち切るように、突《とっ》如《じょ》、白銀の右腕が大きく左から右へと薙《な》ぎ払《はら》われた。白銀の胸から現れていた光の線が絶たれ、再び白銀の胸に吸い込まれるように消えてしまう。

強風が吹き荒れ、周辺の木々が大きくしなった。新月はその場から飛びのき、しかし魂を導き出す手は白銀へと向けたままだ。

白銀は自身の胸を左手で押さえながら、再び右腕で大きく左右に薙ぎ払った。

強い風がうなりを上げながら新月を襲い、新月はそれを弾《はじ》き返《かえ》そうと自身の左腕で振り払う。風と風がぶつかり合い、周囲の木々の枝がばらばらと折れ、葉がちぎれ飛んでいく。

折れた枝が風に飛ばされて白銀に向かったが、そちらを見向きもせずに白銀が手をかざすと、粉々に弾け飛んだ。新月は飛び散った枝を無造作に宙に集め、それらを一斉《いっせい》に白銀に向けて放つ。白銀が両手で枝を再び弾き飛ばそうと構える間に、新月が白銀から魂を引き出そうと強く誘う。

呑み込んだ人々の魂を無理やり引き出されることに苦痛が伴《ともな》うのだろうか。それとも、魂を自身の内に留《とど》めようとするのに多大な力を要しているのか。苦悶《くもん》と苛立《いらだ》ちの表情を浮かべ、白銀は自身に飛んできた大量の木の枝を即座に粉砕《ふんさい》すると、その破片や粉塵《ふんじん》を新月めがけて放った。

ちょうどひとつの光の筋を手招き始めていた新月は粉塵をまともにくらい、視界が眩《くら》んだようだ。

同時に、サリが幕舎の中央に映《うつ》し出《だ》していた映像も一時的に途切れて、その光景を息をすることも忘れて見つめていた人々は一斉に息を吐いた。

「こんなものは、見たことがない」

ゴスが驚き呻《うめ》くように漏らすと、隣に立っていた他の公安魔法使いも深く頷いている。

「我々の力とはまるで違う。しかし、あの程度の力のぶつかり合いであれば木々の損傷は激しいでしょうが、山が崩れるほどではないのではないでしょうか」

「私も同意見です。見る限り、〝白銀〟は〝新月〟ほど素早く動けないようです。あの範囲内で彼らが動くのであれば、被害も想定より小さく抑えられるのではないかと」

「楽観は禁物だ。〝新月〟はまだ〝白銀〟からひとりの魂も引き出せていない」

ゴスと公安魔法使いたちは口々に言い合いながら目の前に映し出される映像から少しも目を離さない。未《いま》だ新月の視界が悪いのだろう。映し出されているのは、砂嵐のようなものだけだ。

現場の状況を知るために、魔法使いを数名、新月たちの周りに配した方がいいだろうとゴスたちが相談しかけた際、それは危険だと主張したサリに、新月が自分の視界を繋《つな》ぐと言ったのだ。

白銀と対峙《たいじ》するため余計な力を使うことは極力避けたいが、主人であるサリに自身の視界を繋ぐくらいはとても簡単だと。

言うなり、サリの脳内に新月が今見ているものがつぶさに映し出された。

驚きながらも、その映像を魔法で再現して見せるから山に配される局員たちはなるべく新月や白銀から離れていてほしいと訴《うった》えたサリに、新月は苦い顔をして言ったものだ。

『もう今の君に魔法を使う力はろくに残っていないはずだ。いずれ倒れてしまう』

その言葉をよく覚えているのだろう。

「サリ、体は大丈夫なの。くれぐれも無理はしないで」

新月が山に入り白銀と対峙してからずっと、皆に映像を提供し続けているサリにイーラが声を掛ける。

これから起きる事態を想定して、公安局局員たちに助けを求めたサリは、自身とラルフの力が白銀によって入れ替わったことを皆に説明した。

そのために王都守護の任を解かれたこと。白銀に力を返してもらわねばならず、ラルフも共に王都を出たこと。

ゴスもイーラもサリとラルフの力の入れ替わりについてまではカルガノから聞かされておらず、随分《ずいぶん》驚いた顔をしていたが、ふたりが職務続行不可能とされた理由についてようやく納得したらしい。

『これまでよく頑張ってきたわね、サリ』

同時にイーラは、精霊使いであるサリが精霊の声を聞く力を失ったことの意味を強く理解したようだった。

労《いたわ》りに満ちた言葉にどう返せばいいのか分からず、サリはぎこちなく目を瞬《しばた》かせるばかりだ。

ラルフがここにいたらさぞかし盛大にどやされるだろうと思う。

「大丈夫です。ラルフに教えられて、記憶を映像化する魔法はそう力を要さず使えるようになったので」

実際、エトのためにと覚えた魔法がこんな風に役立つ日がくるとは思ってもみなかった。力が入れ替わったというサリの話を俄《にわ》かには信じ難《がた》いと聞いていたゴスたちも、サリの指から難なく魔法の光が飛び出し、部屋の中央に鮮明な映像を描き出すと感嘆の声をあげた。

力の使い過ぎで多少目眩《めまい》がしていることには気づかないふりをする。

直《す》ぐに答えたサリを疑わしそうに見つめながら、イーラはいっそう柔らかい表情を作ってその隣に視線を移した。

「あなたは大丈夫？」

サリの隣に椅子を設《しつら》えられておとなしく座っているのはエトだ。

イーラに話しかけられて少し体を緊張させ、無言で頷き返している。

幕舎での最初の話し合いが終わるまで、エトにはクスノキの洞《ほら》で待っていて貰《もら》った。

幕舎に向かう前に新月にエトを起こしてもらい、これからサリがなにをするつもりなのか全部話した。白銀に起こったこと。ラルフがしたことの意味。彼らを助けるためにしなければならないこと。

エトは目に涙をいっぱい溜めてサリの話を聞いていた。

こんな時、ラルフならもっとうまく、エトを泣かさないように説明するのかもしれないと思った。なにもかもを小さなエトに話してしまうことを嫌がり、エトを一人前の大人のように扱《あつか》うサリを怒るかもしれない。

それでも、エトが白銀を呼び出した主人である以上、エトがどれほど幼くあろうと、自分のしたことの結果を見、責任をとる必要があるとサリは思う。

エトが声もなく涙を流してもサリは最後まで話し続け、エトは泣きながらもサリの話を最後まで聞いた。

新月と白銀が、呑み込まれた魂を巡《めぐ》り力をぶつけ合うことになる。

『エト、あんたは自分が望んだことの結果をきちんと見ないといけないよ。白銀の主人なんだから。私も新月も手伝うから、白銀とラルフを一緒に助けよう』

サリが最初にそう言った時、エトは泣きじゃくって頷いた。本当は、白銀のそんな姿などエトは見たくないだろう。分かっていたが、頷くしかないよう、サリはエトに話したのだ。

だが、イーラたちとの打ち合わせが終わり、新月に迎えに行ってもらったエトはもう泣いていなかった。

公安局の局員たちに囲まれ体を強張《こわば》らせてはいたが、徒《いたずら》に怯《おび》える様子も見せず、サリが新月の見ている白銀の映像を映し出した時にも、ただその姿を食い入るように見つめて、一度も目をそらさない。

エトなりに、覚悟を決めたのだとサリは理解した。

「サリが無理をしているようだったら、すぐに私に教えてくれる？」

イーラの言葉にこっくりと頷くエトは、彼女たちがエトと同じように精霊の声を聞く人々だということを理解したようだった。

「エト、喉は渇《かわ》いていない？」

「お腹は空《す》いていないの。これ、おいしいわよ」

幕舎に待機している公安精霊使いたちは、イーラからエトの境遇《きょうぐう》を簡単に知らされてひどく同情したようで、人に慣れていないから無闇《むやみ》に構わないようにと言われながら、折に触れエトの様子を気遣《きづか》っている。少しでも見知った顔が傍《そば》にある方が安心するだろうとリュウがすぐ後ろに控《ひか》え、戸惑うエトを微笑《ほほえ》ましく見守っている光景がなんだかとても不思議だ。

この幕舎にエトを連れてくる際、ゴスとイーラにははっきりと、エトは保護対象だが同時に要注意人物としても扱うと言われていた。だが、今のところエトに向けられる視線は同情と労りに満ちたものが多く、エトの緊張が少しずつ解けていくことにサリは安堵《あんど》した。

脳裏に浮かぶ映像の視界が晴れ、再び、目の前に白銀の姿が映る。

「見ろ、光が！」

映像を見ていた公安魔法使いが白銀を指さした。その胸から、するりと青白い光が一筋飛び出すのが分かった。

あれが、誰かの魂なのだろうか。期待と不安でサリの鼓動《こどう》が大きく音を立て始める。

他に手立てがない、とゴスとイーラはサリの提案に乗ってくれることになったが、新月が本当に人々の魂を取り戻すことができるのか、本当はサリにだって分からないのだ。

新月ができると言うから信じただけ。

「救護室、待機！」

ゴスが大声で叫ぶ。

白銀に魂を呑み込まれた人々は皆、急ごしらえで作られた救護室に運ばれ寝かされていた。イジを始めとする村人たちが総勢十名、デューカの私設護衛隊の魔法使いが九名、そして、公安魔法使いラルフの計二十名。

山に火を放てと暗に示唆《しさ》したのが私設護衛隊の魔法使いシンであることを確認したゴスは、この事態を重く見て、残っている護衛隊の魔法使い六名と精霊使い五名をばらばらに公安局局員たちの班に振り分けている。

白銀は自身の胸元から光が飛び出していくのを止めるように腕を伸ばしかけたが、すぐさま新月が次の光を引き出そうとするのに気づくと、大人がふたり手を繋いだほどの太さの幹の木を、小枝でも拾い上げるように引き抜き新月に投げつけた。

新月は両手をかざして向かってくる木を真ん中から両断する。その隙に、白銀が逃走する。

「西に向かっています」

〈西側、待機！〉

サリの報告に、公安魔法使いたちが現場に向けて声を飛ばす。

「これは、飛んでいるのか」

「いえ。木々の枝の上を移動しているのだと思います」

白銀の姿が、夜の闇に紛《まぎ》れるように消えて、映し出され、また消える。新月の視界に映るのは、木々の枝と暗い空、白銀の後ろ姿ばかりだ。凄《すさ》まじい速度で動いていることが分かり、見ているだけで酔《よ》いそうになる。

「ゴス様！　イーラ様！　一名、意識を取り戻しました！」

と、隣の幕舎から歓声が聞こえ、ばたばたと人が駆けてくる音と共にサリたちの幕舎の入り口が大きく開かれ、明るい報告が響いた。

「ギジという村人です。多少混乱状態にあるようですが、名を名乗り、自ら起き上がりました」

わっと周囲の空気が沸《わ》く中、サリは小さく息を吐いた。新月が言った通り、彼らの魂を、取り戻すことができると。

「了解した。しばらくは救護室で安静にさせて様子を見るように」

ゴスは笑顔で返したが、次の瞬間には目つきを鋭くさせた。

新月が手から力を放ち、白銀が踏んだ木の枝を折ったのだ。白銀は足場を失いそのまま地に落ちたかのように見えた。新月は白銀の体が沈《しず》んだ場所に向かい二度三度と力を投げつけながら、左手で魂を引き寄せる仕草をした。

サリの隣で、エトがぎゅっと小さな手を握り締めている。

「ふたつ！　救護室、来るぞ！」

光の筋がふたつ、新月の見つめる暗闇から浮かび上がり飛んでいくのを認めて、公安魔法使いが叫ぶ。

と、真っ白な力が視界を埋めて、次の瞬間、新月の目の前には地面があった。背後からなにかに叩きつけられたようだった。

「嘘だろ。雷を呼べるのか」

空に稲妻が走り辺りが白く明滅するのを見て、公安魔法使いたちが圧倒され、うめいている。巨木が裂けるような激しい音。新月のすぐ傍に、木がめきめきと音を立て倒れこんでくる。すぐさまその場から飛び起きた新月は白銀の後を追う。

「サリ、火がついた」

その時エトがはっと顔を上げて呟いた。

「さっきのかみなりで、火がついたよ。木がもえてる」

「……ここから、精霊の声が聞こえるのか？」

新月の視界を通しているとは言え、目の前に映し出されているのはサリが魔法で再現した映像だ。そこから、精霊の声が聞こえているというのか。

イーラたち公安精霊使いを見るが、皆小さく首を横に振る。だがエトは深く頷き、焦《あせ》ったように続けた。

「みんながさわいでる。風がつよくなってるから、どんどん広がってくって」

「ゴス、確認をお願いします」

サリはすかさず告げたが、

「だが、待機させている者たちからはまだなんの報告も……」

他の公安魔法使いたちが困惑した表情を見せた時、報告を乗せた魔法の光がゴスの元へ届いた。

〈ゴス、北第一班です。精霊使いたちが、この上方で火が広がっていると騒いでいますが、対応しますか〉

山の八方に、魔法使い三名と、精霊使いを二名~四名ずつ、火・土・水・風、どの精霊の声も聞くことのできるよう組み合わせて配置している。

ゴスがサリを窺う。サリはわずかに考えたが、首を横に振った。

「新月たちがまだ近くにいます。今皆さんが動くのは危険です」

〈指示があるまでその場で待機〉

ゴスの返事に、自分が答えたというのにサリは消火のために動けないもどかしさに奥歯を噛み締める。

が、そんなサリを見つめるいくつもの視線に気がつく。イーラや同僚の公安精霊使いたち。リュウまでもが呆気《あっけ》にとられたようにこちらを見ている。

「サリ、だいじょうぶだよ」

そんな中、エトだけがいつもと変わらない様子でそう言った。

「みんながだいじょうぶだってサリに言いにきてる。新月が雨をよんだから、もうだいじょうぶだよ」

エトの声に合わせるように、幕舎の中を突如《とつじょ》風が通り、サリのおさげを揺らした。

「薄々気づいてはいたけれど、とんでもない人気ね、サリ」

イーラがおかしくて仕方がないというように笑うと、つられて他の公安精霊使いたちも口々に驚いたと言い始める。

なにが起きているのか、サリや公安魔法使いたちにだけ分からない状況で、果たしてエトが告げた通り新月の視界は不意に土砂《どしゃ》降りの雨となった。北側に落ちた雷の火もたちまち消えるだろう。

ほっとするサリの傍で、まだイーラがおかしそうに話している。

「あなたがここに来てから、常《つね》に風の精霊たちがあなたの傍にいる。あなたに呼びかけて、他の精霊たちの声を運んで、あなたのことを心配しているのよ。さっき、火を消すことができないとあなたが悲しい顔をしたら、風たちが幕舎の上で騒ぎ始めたのよ。サリ、夜の子が水を呼んだよ、すぐに火は消えるから、悲しい顔をしないでサリ、って。この山の精霊たちは皆、あなたを小さな子供のように思っているみたい。こんなにも人に親しむ精霊たちの声を久しぶりに聞いたわ。あなたの手首の石も、随分《ずいぶん》あなたのことを心配している。さっき村長があなたに言葉をかけた時、その石がどれほど怒っていたか」

さすがに気恥ずかしくなりかけたサリだったが、イーラの言葉に手首のスクードをそっと握り締めた。

「あら、そんなに怒らないで。余計なことを言うなって、あなたの石が怒鳴ってるわ」

「スクード」

慌ててスクードを諌《いさ》めるが、イーラは明るく笑って気にする様子がない。

この緊急時に、誰かとひどく和《なご》やかな会話をしていることが、サリにはとても不思議に思える。つい昨日まで、こんな景色は想像もしたことがなかった。

「二名、意識が戻りました。村人ドルジと、護衛隊のクーチです」

〈北第一班です。豪雨により、火はすべて消えたようです〉

救護班からも山の各所に配置された待機班からも報告が入り、幕舎は緊張感を保ちながらも、高揚《こうよう》した雰囲気に包まれている。

新月は白銀に追いつき、白銀を西の滝壺《たきつぼ》に落として更に三つ、魂を抜き取った。

しかし、直後滝壺の底から生き物のように盛り上がった水流に新月は体ごと押し流され、山の斜面を転がり落ちる。白銀の苛立ちや怒りが次第に大きくなっていくのを感じる。

再び視界から白銀の姿が消え、次に新月が立ち上がった時には白銀の姿はもう辺りにはなかった。

だが同じバク同士、相手の居場所が分かるのか、新月は迷いもせず滝壺を飛び越え木々の上を渡り、山中を移動していく。

「エト、滝壺を越えて歩いていくと椎《しい》の木があるだろう。その根元でいつもぶつぶつ言っている岩の声が聞こえたら教えてほしい」

サリに頼まれてエトは真剣な顔をして映像を見ていたが、すぐにサリを仰《あお》ぎ見《み》た。

「今きこえた。うるさいって」

「ゴス、新月たちは山の西側から東側に移動したようです。待機班に連絡を」

夜の山を凄まじい速度で駆け抜けていく新月たちが一体どこにいるのか。正確に把握《はあく》したくとも、精霊たちの声を拾うことのできないサリには、いくら新月の視界を繋いでもらっていても限界がある。特に、木々の上を渡り歩かれては、サリがよく知っている山の景色などほとんど見えない。

「エト、次は東の山桜の木の上がお気に入りの風の子たちがいるね。その子たちの声が聞こえたら教えてほしい」

「さっきから風たちがたくさんはなしていて声があんまり聞こえない」

「じゃあ、コナラの木の傍を流れる小川があるだろう。あの小川の精霊たちの声は?」

「木の実をあつめるのが好きな子たち?」

「そう。他にも知っている精霊たちの声が聞こえたらなんでも教えてほしい。今白銀たちがどこにいるのか分かるから。できるね」

わかった、と頷いたエトは前のめりになって映像を見つめ、一心に耳をこらしている。

新月や白銀たちの動きをいかに早く正確に拾い、山の各所に配されている待機班に伝達するか。彼らの安全を確保するためにも、バクたちの位置情報の把握《はあく》は必須だった。

自然、エトへの要求も増え、緊張と共に声音も厳《きび》しくなっていたらしい。

イーラがそっとサリの肩に手を置いた。

「エトの耳が良いことはとてもよく分かるし、あなたたちの状況把握能力は本当に素晴らしいわ。でもね、サリ、待機班にも精霊使いたちがいることを忘れないで。あなたたちのお陰か、精霊たちが随分私たちにも協力的よ。あなたやエトほどの力はなくても、新月たちの動きを現場もきちんと把握できているから、全部自分でしようと思わなくて大丈夫よ。信頼して」

「す、すみません。皆が聞こえないと思ったわけでは！」

動揺して、映像が大きく乱れる。

「怒っているわけじゃないわ。あなたがこれまで自分の力だけで仕事をしてきたことは理解しているつもりだから。でも今はひとりじゃない。あなたが助けを求めた私たちのことを忘れないで。ゴス、待機班の精霊使いたちに、しばらくそちらからの報告で現状把握をすると連絡して。サリを休ませるわ」

穏やかに告げながら、イーラはサリの背中を軽く撫《な》で、魔法を放ち続けている人差し指をやさしく包み込んだ。魔法がイーラに作用するのではと恐れたサリは、力を止めた。映像が途切れる。

「サリ・ノーラム、これは上官命令よ。最低でもゆっくり百数えるうちは力を使うことを禁じます。指示に従って。エト、よく頑張っているわね。あなたもサリと一緒に休憩《きゅうけい》よ。お菓子を、サリの分も取りに来てくれる？」

エトはちらとサリを窺《うかが》ったが、サリが頷くとそっとイーラについていく。

ゴスがイーラの指示を現場に送ると、次々に精霊使いたちからの報告が入り始める。

皆、麓に待機しているため新月たちの姿を見ることはもちろんないのだが、激しいやりとりは山の精霊たちを大いに騒がせているらしく、その声を拾っていけば、それぞれの班が配置された場所から、新月たちの動きをかなり正確につかむことができていた。

周囲のそんな状況を、サリはぼうっと眺めてしまう。

「変な気持ち？」

サリの邪魔にならないよう、後ろで静かにしていたリュウが身を乗り出してきた。どこか楽しそうな顔をしている。

――変な気持ち。

今、自分の胸にある感情を言葉にすることは到底できそうになかったが、リュウに言われると、サリはそれがぴったりのような気がした。

「そうかもしれない」

誰にも自分の言葉など届かないと、ここから逃げたいと泣き喚《わめ》いてラルフに八つ当たりしたのはつい先程のことなのに、サリの言葉は今確かにここで受け入れられ、自身に精霊の声を聞く力がなくとも、周囲の人々の力を得て事がうまく運ぼうとしている。

――でも今はひとりじゃない。

イーラの言葉が脳裏にこだまする。

それはとても、変な気持ちがすることだ。

「村の人たちの避難ももう少ししたら始まるし、カルガノ局長の応援要請《ようせい》を受けた部隊も直《す》ぐに駆けつける。報告を聞いただろ?」

確かに、幕舎に次々に飛んでくる報告の中には、村からのものもあった。

村長らと共に村に赴《おもむ》き、住人たちに一時避難の説明をした局員たちがその準備が整ったと連絡してきたのだ。その報告にサリがどれほど安堵したか。

それに、この村を目指す前に、リュウはカルガノからの書状をここから一番近い大都市の市長に預けてきたのだという。それが、非常事態における公安魔法使いと公安精霊使いへの応援要請だった。

明日の朝にはこちらに着くと連絡があったのだが、風の精霊たちが誰かがこちらに来る、誰かが来る、としきりに騒いでおり、応援部隊がこちらの状況を聞き到着を急いでいるのだろうと皆が把握していた。

「もうひとりじゃねぇんだから、早く慣れろ、サリ」

なにがそんなにおかしいのか、やたらと楽しげに笑うリュウにからかわれているような気持ちになり、サリはどんな顔を返していいのか分からず再び自分の指に力を込めた。

「あ、サリ、まだ百数えてねぇだろ」

「新月たちが心配なんだ」

部屋の中央に再び白銀の姿が浮かび上がると、ゴスを始め、公安魔法使いたちが一斉に立ち上がった。イーラが困った顔をこちらに向けるのには気づかないふりをする。エトが急いでサリの隣に戻ってくる。

白銀は光を映さない瞳をこちらに向けて、再び雷を落としているところだった。新月の視界が何度も白く明滅し、幾度《いくど》も落ちる雷の音が、幕舎の中と外から二重に聞こえてくる。

新月の呼ぶ雨がまたいっそう激しく降り始め、白銀の姿がまともに見えないほどだ。

「また引き出したぞ」

「今度は四人分か？」

だが、白銀の胸元から飛び出す光を素早く確認する皆の声は明るく、ゆっくりとではあるが着実に目的が達成されていくことを、誰もが確信していた時だった。

「ああ、相変わらずなんと美しい」

高揚《こうよう》した声と共に、幕舎の入り口が広く開かれた。

聞き覚えのある声に弾《はじ》かれるように背後を振り返り、サリは言葉を失った。

デューカが、私設護衛隊を連れてゆったりとした足取りで幕舎に入ってくる。

王都にいるはずでは、と驚愕《きょうがく》の表情を浮かべながらも次々に膝を折る公安局局員たちを見回し、王弟であり、公安局総局長でもあるデューカは笑みを浮かべて宣《のたま》った。

「どうにもお前たちの動きが鈍《にぶ》いので俺が直接指揮《しき》することにした。魔物の捕獲に入る。その子供を連れてこい」

「やめろ！」

「サリ！　デューカ様、おやめください！」

デューカがエトを示したのを見てサリはエトを抱き寄せようとしたが、護衛隊のひとりに魔法で吹き飛ばされた。イーラの鋭い声と局員たちの息を呑む声。

薄れる意識の中でデューカの声が響く。

「一刻も早く魔物を捕獲せねばならぬというのに魔物を連れて逃走し、徒に被害を大きくしたのがこの者だ。余計な真似ができぬよう、見張っておけ」

「サリ！　サリ！」

エトの悲痛な声がサリの名を呼んでいるのに、サリはそのまま意識を失ってしまった。

3

暗闇《くらやみ》の中、突如《とつじょ》鳴り響く雷や空に幾筋《いくすじ》も走る稲光《いなびかり》。山の周辺にだけ狙《ねら》いを定めたように降りしきる豪雨。獣のように恐ろしい唸《うな》りをあげながら山を嬲《なぶ》っている豪風。重量のあるものがぶつかり合う音。続く地響き。

神話に描かれる終末のような不気味で恐ろしい光景を見上げながら、デューカは未《いま》だかつて感じたことのない歓喜に胸を震わせていた。

カルガノに、魔物を捕獲するなどとんでもないとしつこく邪魔だてされていたが、美しい銀色の魔物を連れて逃げたサリの居所を知るイジという男がデューカを訪ねてきた時、自身が魔物を手に入れるのは時間の問題だと思った。

だが、魔物捕獲のために投入した私設護衛隊からまず送られてきた報告は、公安局の局員と魔物を前にかち合い、捕獲に失敗したというもの。

魔物は自身の主人と、サリやラルフを除く護衛隊、公安局局員、村人たち、すべての人間を拒絶する巨大な霧の壁を山中に築き、この壁がなにをしても崩れない。また、カルガノの息のかかった公安局局員たちから常《つね》に監視されており、護衛隊が思うように動けていないという報告が三日続いた辺りでデューカに我慢の限界がきた。

壁のすぐ向こうにあの美しい魔物がいるというのに、何故捕えることができない。

私設護衛隊をも投入した公安局総局長であるデューカの魔物に対する望みを知りながら、カルガノの意を汲《く》み動こうとする公安局局員たちにも言いようのない憤《いきどお》りがわく。

一目その姿を見た時から銀色の魔物に強く心奪われたデューカの執着《しゅうちゃく》は異常なまでに高まっており、あの魔物を手に入れるためならばどんな手段をも講じるつもりだった。

同時にずっと姿を現さなかった魔物が遂《つい》に現れたと聞いて、デューカは自身の目でその存在を確かめずにはいられなかったのだ。

これほどまでに魔物の存在に焦《こ》がれている自分よりも先に、他の者たちがその姿を目にしたことさえ、もはやデューカには我慢ならなかった。

（あれは俺のものだ）

イジを先に帰した後、わずかな護衛隊を供《とも》に王都ザイルを飛び出し、デューカはランカトルの東の端まで昼夜を問わず驚異的な速さで駆け続けた。

カルガノには公安局局長として王都に留まるよう置き手紙で厳命《げんめい》し、各県や都市の伝令所に、カルガノからサリたちが魔物を連れて逃げ込んだカルカ県サノ村へ向けた伝令はまずデューカに飛ばすよう手をまわした。

カルガノの最初の伝令はデューカが王都を飛び出して半日もしないうちに送られた。デューカがそちらへ向かっているということだけを伝えるものだった。同じものがもう一度。が、すぐに伝令が真っすぐ現場へ届かないことに気づいたのだろう。三度目の伝令はデューカ宛になっていた。

今すぐ王都に帰ってきてほしいこと。魔物を捕獲するとなれば、多くの部下を失う危険があること。他にもくどくどと説教臭《くさ》いことを並べ連《つら》ねていたが、デューカは鼻で笑って聞き流した。

だがカルガノが次の手を打ってくるだろうと考えると、デューカが自身の手で魔物を捕獲するために残された時間はわずかだった。

デューカが現場に到着するまでに新たに得た情報は、護衛隊の魔法使いシンが村人たちをうまく焚《た》き付《つ》け魔物を誘《おび》き出《だ》したこと。しかしそのために魔物の反撃に遭《あ》い、シンを始めとする護衛隊の魔法使い九名が命を失ったこと。

残った六名の護衛隊の魔法使いたちが送ってきた報告の声は恐怖に震えており、魔物が手をかざすと人の体から光が飛び出し、そうすると、皆それきり動かなくなったと伝えていた。

あの銀色の魔物が力を振るう様を想像してデューカはぞくぞくとした喜びがわくのを止めることができない。

その後現場からの報告が止まったのをみると、彼らは公安局局員に監視されているのだろう。

もどかしい気持ちを抱《かか》えながらサノ村に近づけば、供の精霊使いたちが次第に苦しげな表情を見せるようになり、精霊たちが騒いでいると口々に報告を始めた。頭が割れるほどに多くの精霊たちが騒いでいるという。

月明かりで道に影が伸びるほどの晴れた夜だったが、突然大風が渡ったかと思うと、雷が遠くで鳴り響き、次いで、雨が来ますとの精霊使いたちの言葉に、魔法使いが頭上に雨避けの魔法を張った途端、視界が危うくなるほどの豪雨が地面を叩きつけた。

魔物同士が争っている、と精霊使いが告げた。銀色の魔物と同様のものがもう一体、山で争っていると。

なにが起きているのかまるで分からず、しかし、もう一体現れたという魔物の存在にデューカは心を躍《おど》らせ、より一層高揚《こうよう》した気持ちで馬の脇腹を蹴り上げた。

そして、遂にサノ村に着いたデューカは知った。

もう一体現れた魔物の主人がサリであること。デューカの焦《こ》がれる美しい銀色の魔物は、多くの人々の魂《たましい》を喰らい理性を失っていること。

サリが呼んだという魔物が銀色の魔物から人々の魂を取り戻そうとして、そうして二体が山で暴れているのだと。公安魔法使いラルフが自らの魂と引き換えに魔物が人々の魂を喰らうことを止めさせており、既にサリの魔物が半分の人々の魂を取り戻し、今も残りの魂を巡《めぐ》り戦っているのだという。

なんの前触れもなく現れたデューカの前に膝を折り、これまでの経過を説明する公安魔法使いゴスと公安精霊使いイーラの頭頂部を見るともなしに眺《なが》めながら、デューカの胸の内には瞬《また》く間に魔物を手に入れるための案が浮かび上がる。

もともと、魔物が主人の言うことのみを聞くと知り、銀色の魔物の主人である子供ごと手元に置くつもりでいたのだ。だが現状、子供の声は理性を失った銀色の魔物には届かないということだ。

そして子供と魔物を隠すために王都から逃げ出したサリという精霊使いは、魔物を手に入れたいデューカにとって邪魔な存在でしかないと思っていたが、自ら魔物を呼び出すとは、予想外に有用な人物だということが分かった。

これ以上余計な真似をされぬよう、サリの意識を奪い護衛隊に監視させていたが、デューカは考えを改めることにした。

「サリを連れてこい」

その言葉に、先ほどから目の前に山ほど積まれた菓子には見向きもせず、デューカのすぐ隣に設《しつら》えられた椅子の上で体を硬くして俯《うつむ》いていた子供がはっと顔を上げた。

デューカが子供に向けてにこりと微笑《ほほえ》んでみせると、小さな肩をびくつかせて強張《こわば》った顔をする。

鬱陶《うっとう》しい子供だと思ったが、魔物を手に入れるための大切な駒《こま》だと考えれば、敵意を向けてくる生意気な者より格段に扱《あつか》いやすく愛らしい。

すぐに連れてこられたサリは魔法により意識を飛ばされたせいかぼんやりとした顔つきだったが、デューカとその隣に座る子供を見て目が覚めたようだった。

「サリ、お前の魔物をここに呼べ」

告げると、サリの眉間《みけん》が分かりやすく寄った。なにを言われたのか分からない、そんな顔をしている。

「デューカ様、お止めください」

「なにをお考えなのです」

ゴスとイーラが目を剝《む》き口を挟《はさ》んでくるがデューカは気にも留めなかった。

「呼びません」

ようやく頭が働いてきたのか、サリがきっぱりと撥《は》ねつける。

腰掛けていた椅子から立ち上がると、デューカは護衛隊の魔法使いらに両脇を抱《かか》えられて両膝をついているサリの元へ歩いた。

サリの前に片膝をつきデューカが顔を近づければ仰《の》け反《ぞ》ろうとする。護衛隊が頭を押さえつけると、鋭い目つきでデューカを睨《にら》みつけた。

「ふたりで話を」

デューカが言えばすぐに魔法使いたちはサリを放し、拘束《こうそく》魔法をかけた上でデューカとサリの周囲に透明な壁を作る。一時的にではあるが声が外に漏れぬようになる。

「俺の望みは銀色の魔物だ。お前の魔物に銀色の魔物を捕獲するよう命じろ。理性のきかぬ魔物は手に負えぬから、呑み込んだという魂はラルフを除いてすべて引き出せ」

サリの目が倍になるほど大きくなった。瞬《まばた》きすることも忘れてデューカを見てくる。

「……あんた、一体なにを言っているんだ」

「あの男も、魔物の暴走を抑え民の命を救う役割を果たせて本望だろう。魔法の力を失い、今後公安魔法使いとしての働きが期待できないことを思えば、最後に素晴らしい働きをしたと言える。国から勲章《くんしょう》を授《さず》けてもいい」

「ラルフは死ぬつもりで白銀の暴走を止めたわけじゃない。今から新月がラルフの魂も取り戻す」

怒りのためか、震える声で告げるサリにデューカは眉《まゆ》をしかめてみせた。

「魂を差し出すなど、命をなげうつ覚悟あってのこと。その意志は尊《とうと》ぶべきだろう？　ラルフの魂を引き出し、また銀色の魔物が暴走したらどうするつもりだ。お前に魔物の暴走が止められるのか？　ラルフはラルフにしかできぬ役目を果たしたのだ」

サリは何度か言葉を吐き出そうとあえぐように呼吸したが、言うべき言葉が見つからないのかそのまま口を閉じた。

「うまく捕獲できたら、あの子供には生涯苦のない生活を保障しよう。サリ、お前には、この村とお前の生家のあった村での名誉回復を行い、二度と化け物などと呼ばれぬよう、村人たちがお前を処分してほしいなどと公安局に訴《うった》えに来ぬよう計らおう。そしてお前の魔物は公安局で保護することを約束する。どうだ」

デューカがなにを言い出すのか身構えていたサリの表情は分かりやすく、面白《おもしろ》いほどに変化を見せた。

まずは拒絶を、次に激しい不快感と怒りを、そして自身について触れられるとあからさまに動揺し、傷ついた顔をする。だが、最後には再び目に怒りを湛《たた》え、デューカを見据《みす》えた。

「断る。白銀も新月も、あんたの悪趣味な愛玩物《あいがんぶつ》ではない。エトに苦のない生涯を保証すると言うのなら、白銀を捕獲するなど論外だ」

王弟であるデューカに対して微塵《みじん》もへつらわぬ態度は不快だが、この状況で大したものだと笑いたくもなる。

サリのこの返答は当然予想していたもので、デューカは特に憤りも感じず、ではと微笑んでみせた。サリが顔を歪める。

「お前の意見など俺は求めていない。ただ俺の命《めい》に従えばいい。俺の提案に不満があると言うのなら、残念だが条件を変えることにしようか」

言いながらデューカは、サリの耳元に顔を近づけた。

周囲に音は漏れないが敢《あ》えて声をひそめてみせる。サリが喉を鳴らすのが分かった。

「お前の魔物のお陰で、魂を抜かれた俺の部下が数名目を覚ましたらしい。今はまだ救護室で安静にしているようだ。あと数名目を覚まさない村人たちがいるようだが、お前が俺の命に従わぬのであれば、その者たちは何《いず》れにせよこのまま永久に目覚めぬことになるだろう。なに、恐ろしい魔物に自ら手を出し魂を奪われたのだ。自業自得《じごう》だ。数名戻っただけでも村人たちはお前に感謝することだろう」

既に魂を抜かれ、死にかけている者たちだ。

サリに言うことを聞かせるため、村人たちの命を質にとることにデューカはわずかの躊躇いもない。デューカの部下たちは、デューカの命を速やかに遂行するだろう。

「なにを言って……！」

デューカの言葉の意味を正確に理解し声を震わせるサリに、デューカはことさらゆっくりと話しかける。

デューカにはまるで理解ができないのだが、サリは自身を迫害する者たちまで皆救おうとしているのだという。デューカならば己《おのれ》を害するものは機会を逃さず確実に仕留め排除するが、サリのような〝善良〟な人間にはこうした提案がとてもよく効くことをデューカは知っている。あれほどの力を持つ魔物を従えながら、人の命を等しく尊ぶ者。他者を害することに恐れを抱《いだ》く者。

「魔物を使いお前が俺の命にひとつでも反する行いをした場合には、お前が親しむ者たちが順に、魔物討伐《とうばつ》における不慮《ふりょ》の事故によって失われていくだろう。まずは、リュウと言ったか」

何気なく視線をさまよわせ、幕舎の入り口近くから鋭い眼差しをこちらに向けている赤髪の男の元で止めてみせれば、サリは震える声でやめろ、と呟いた。

ここまで言っても、デューカの身に危険が及ぶ事態が起きる気配はない。

魔物に命じてデューカを害せば、すべては簡単に終わるだろうに。やはりこの娘は扱いやすい。

両手の拳《こぶし》を握り締め、次第に青ざめていくサリが自身の命に従うことを、デューカはもはや疑いもしない。

上空に風が集まっている。新月の呼んだ雨は今も激しく降り続け、幕舎の緩《ゆる》くたわんだ天《てん》井《じょう》を叩く。

地面が微《かす》かに震えているのは、大地が、サリの守り石であるスクードの怒りに反応しているせいだ。だが雨の振動に気を取られて、地面の振動に気づいているのはエトとイーラくらいだ。

——サリ、泣かないで。

——サリ、ここから出よう。

――サリ、夜の子を呼んでこようか。

風たちがしきりに話しかけているけれど、もちろんサリには届かない。

その風たちの声を吹き飛ばすような大声で怒鳴っているのが、サリの右手首にあるスクードだ。

これまでにも、エトはスクードが怒鳴る声を何度も聞いてきた。

スクードはラルフのことが大嫌いでいつもは黙りこくっているのに、ラルフがサリを悲しませるような真似をすると、途端に雷のような声でひどく怒鳴りつけるのだ。

だが、今のスクードの怒りはそんなものでは済まされない。

新月と白銀の争いに騒いでいた精霊たちの一部が、スクードの怒りに反応して集まってきている。

魔法によってサリとデューカの声は遮断《しゃだん》され、すぐ目の前にいるというのにひそとも聞こえない。

だが、不思議なことにスクードの声はエトの耳によく届いた。

――サリになにをさせる気だ！　近づくな！

――よくもぬけぬけと非道なことを言う。無能者を見殺しにする気か。

――サリ、聞くな。この男の言葉を受け止めるな。

——黙れ！　黙れ！　黙れ！　この卑怯者《ひきょうもの》が！

空気がびりびりと震え、スクードの怒りで重くなり、息をすることさえ苦しいような気がする。

そんな中、強くデューカを睨《にら》みつけていたサリの顔が次第に青ざめ、項垂《うなだ》れていく様子を、エトはすべて見ていた。

胸がぎゅっと痛くなり、シロ、と心の中で呼びかけ、エトは慌ててその願いを押し殺す。

さっきもそうして、エトは自分で、夢のように幸せだった日々を終わりにしてしまったのだ。

自分の願いのせいで白銀が苦しみ、ラルフが動かなくなり、サリが泣いた。

エトはただ、サリをこれ以上傷つける人が、自分たちの幸せな日々を邪魔する人が、目の前からいなくなればいいと思っただけだった。

山に大勢の人々がやってきてサリとエトを捕まえると告げた日、消えてほしいと願ったら、白銀はエトが心に思い描いていた通り、山でサリとラルフと白銀と四人だけで過ごす日々を作ってくれた。

ふたりがエトにとてもやさしくしてくれたから、サリたちと離れたくなくて、傍《そば》にいてほしくて、エトのことを好きになってほしくて必死だった。

サリとラルフの記憶がおかしくなっていることには気づいていたけれど、サリが屈託《くったく》なく笑う顔が本当に嬉しそうだったから、これでいいのだとエトは思った。辛《つら》くて苦しい記憶なんて必要ないと。

再び大勢の人が山にやってきて、今度はサリの大切な山に火を放った。

だからエトは、最初の時と同じように、皆消えてほしいと願っただけのつもりだった。どこか遠く、サリやエトに二度と関わらない場所へ皆が行ってくれたらそれでよかった。

そうして怖い人を追い払えたら、山が焼かれずに済んだら、サリはきっと嬉しそうな顔をエトに見せてくれるだろうし、ラルフはよくやったと褒《ほ》めてくれる。そう信じていた。

だが、白銀が人々の魂を次々に喰べ始めた時に初めて、エトは自分がなにかとんでもないことを願ってしまったことを知った。

自分の言葉を一切聞かない白銀を初めて見たし、出会った時から一度だって恐ろしいと思ったことのない白銀が、エトに感情のない瞳を向ける様はとても恐ろしく感じた。

これはエトの知る白銀ではないものだ。

——人と長く一緒にいると白銀は消えてしまう。だからさよならを言おう。

サリが言っていたのはこういうことだったのだろうか。

エトのせいで大変なことが起きたというのに、サリもラルフも、一度だってエトを責めなかった。

それどころか、ラルフはエトの前に片膝をついて今度こそエトを守ると言ったのだ。

頭に置かれた手が大きくてあたたかくて、ラルフの体から光が飛び出て白銀に吸い込まれていった時、エトはやめてと何度も叫んだけれどラルフはもうそれきり動かなくなってしまった。新月が小屋の近くのクスノキの辺りまで連れて逃げてくれた後、怖くて、ごめんなさいごめんなさいと泣きじゃくるエトの涙を両手で何度も拭《ぬぐ》って、泣くのはもう終わりだよ、とサリは真面目《まじめ》な顔をして言った。

「自分のしたことを、あんたは最後まで自分の目で見ないといけない。それが白銀の主人としてエトが必ずやらなくちゃいけないことだ。分かるね？　バクに自分の望みを願い続けるとどうなるのか、私もよく分かっていなかった。オルシュが私にそうしたように、もっと強くエトに白銀を解放するよう言わなきゃいけなかったのに。そうしたら、エトも白銀も今みたいに辛い思いをせずに済んだ。私が悪かった、エト。今回のことは、私とエトが起こしたことだ。だから私たちふたりで、責任をもって皆を助けに行こう」

両手で強くエトの手を握り締めるサリに責任などないことはエトが一番分かっていた。初めて会った時から、サリはエトを守るために動いてくれていた。

そしてサリは新月を呼びたくないと言っていたのに、エトを助けるために呼んだのだ。

現れた新月を見つめるサリの顔を見たら分かった。サリがどれほど新月のことが好きなのか。どれほど会いたかったのか。それはエトが白銀を思う気持ちと少しも変わらない。

それなのに、サリはどうやって新月にさよならを言ったのだろう。

サリが白銀に魂を喰べられた人々を助けるための準備を整えるために山の麓に下りていった間、エトはクスノキの洞《ほら》の中で待っていた。

本当にラルフは無事なのだろうか。ラルフを呑み込んで白銀は動きを止めたが、白銀の中で一体なにが起きているのだろう。白銀はあんなにもたくさんの人々の魂を呑み込んで苦しくなかったのだろうか。

恐ろしさと不安とでいっぱいのエトの心を、洞に満ちるクスノキの音色がゆっくりとなだめ、慰《なぐさ》めていく。

色のない目でエトを見つめ、エトの魂を引き出そうとした白銀の姿を思い出すと、もう泣くまいと必死でしゃくりあげているのに、涙が勝手に零《こぼ》れ落《お》ちていく。

大丈夫、サリのバクと一緒に頑張ればいい、と励《はげ》ましてくれる守り石のリーシャの声を耳元に寄せて聞きながら、ラルフが作ってくれた、サリの家の前にあったクスノキを削《けず》った欠片《かけら》を握り締めていると、最後にラルフが言った言葉がぐるぐると頭をまわった。

——これ以上あいつになにかを願うなら、あいつの幸せを願ってやれ。

エトがこれまでに白銀にした願いは全部、エトのためのものだった。

ひとりになりたくないから傍にいてほしい。誰にも捕まってほしくないから姿を見せず離れていてほしい。でも消えないで。サリとラルフと一緒にいたいから、それを邪魔する人はいなくなってほしい。四人だけで暮らしたい。エトたちにひどいことをする人は皆、消えてほしい。

白銀の幸せを願ったことは一度もない。

そもそも、白銀の幸せとはなんなのだろう。エトを見ていつもやさしく笑ってくれるから、そんなことは考えたこともなかった。

エトの願いを聞き続けて、たくさんの人の魂を呑み込んで自分を失って。白銀はそんなひどい願いを告げたエトのことを嫌いになっただろうか。

白銀に苦しい目に遭《あ》ってほしいと思ったことは一度もないけれど、その言葉も今はもう届かない。

白銀の幸せがなんなのかラルフに尋ねたいけれど、そのラルフもいない。

みんな、あんなにエトのことを大事にしてくれたのに、自分がすべて壊してしまったと思うと恐ろしくて悲しくて、どうしても堪《こら》えきれず声をあげて泣いていると、新月がエトを迎えに来た。

新月は白銀と違って全身真っ黒なバクだった。白銀は黙っていてもやわらかな表情をしていたのに、真顔の新月は冷たい印象が先に立った。

準備が整ったと迎えに来てくれたのは新月ひとりで、サリが傍にいない新月は少し怖かった。

サリにもう泣かないよう言われたのにと慌てて涙を拭いながら洞から出ようとすると、足がもつれてその場にこけそうになった。

「落ち着け。ゆっくりでいい」

衝撃は来ず、代わりに抱き上げられる感覚がして、気づけばエトは新月の腕の中にいた。白銀よりは荒い仕草で両頬に流れる涙を拭われる。背中を軽く叩いてその場に止まってくれたから、やはり新月も心やさしいバクなのだとエトは思った。サリの呼んだバクだ。やさしくないはずがない。

サリの呼び声に現れた新月が、サリを見て破顔した瞬間をエトは思い出した。

「サリにひさしぶりに会えて、うれしかった？　しあわせな気持ちになった？」

唐突な質問にも、バクは動じない。エトを見て、真顔で頷いた。

「幸せだった。小さかったあの子が大きくなって、かつてはひとりにするなと泣いてしがみついてきたサリが、強く生きて、誰かを助けたいと私を呼んだから。泣いていたのは昔と変わらないが」

思い出したのか、新月はやはり、とても幸せそうな笑みを浮かべた。

バクにそんな顔をさせることのできるサリが、エトはとても羨《うらや》ましいと思った。

「シロも、おなじかな。シロは、どうしたらしあわせな気持ちになる？」

「君が君の世界で偽《いつわ》りなく笑って生きてくれさえしたら、それ以上の望みなどない。君たちは生きるために我々を呼ぶのだから」

エトが笑うと、嬉しそうに目を細めてくれていた白銀の顔が、即座に思い浮かぶ。

「シロは、どうなったの？　ラルフはほんとうにだいじょうぶ？　シロの中でなにをしてるの？」

「白銀は人の心を取り込みすぎて自分を失いかけている。ラルフは、外から声が届かない白銀に直接話しかけに行ったんだ。うまく話ができて、だから人の心を喰うのを止めた。ラルフが白銀の傍で白銀の心を守っている」

新月の説明はエトにとってとても分かりやすく心に残り、白銀もラルフもまだ生きているのだと素直に信じることができてやっと安心できた。

いつの間にか涙は止まり、サリと共に白銀とラルフを助けに行くのだと心が決まる。

サリとラルフの仲間だという人々が集まる幕舎に連れていかれると、エトは多くの人にやさしくされて戸惑った。

けれど、その人たちは皆エトと同じように精霊たちの声を聞き、サリたちがそうだったように、エトをおかしな子供だとは一度も言わなかった。

イーラという女性はエトの首に提《さ》げられた白い守り石のリーシャに挨拶《あいさつ》さえした。同じようにかかっているクスノキの欠片を見て、これはなあにと言うから、ラルフが作ってくれたことを恐る恐る告げると、突然周りにいた魔法使いたちが笑い始めて、なにか悪いことを言ったのかと驚いた。

ゴスと名乗ったイーラのパートナーだという男性が申し訳ないと謝ってくれて、ラルフが君にひどい態度をとっていたんじゃないかと心配していたからと言った。

そんなことはないと一生懸命首を横に振っているとまた笑われたが、馬鹿にされているとは感じず、ここでもやはり誰もエトのことを責めないことに胸が苦しくなった。

人々が奇妙にやさしい空間はエトを落ち着かない気持ちにさせたが、恐ろしい人々に囲まれるよりはずっといい。こんな場所があるのだとエトは不思議な気持ちがした。これがサリとラルフが本来いる場所かと。

精霊の声を聞く力がラルフの魔法の力と入れ替わったと説明したサリに、イーラがよく頑張ったわねと告げた時、エトは心がひやりとした。

サリもラルフも自分の力を返してほしいと願っていることは知っていたけれど、エトに直接告げてきたことはなかったから、エトは見て見ないふりをしてきた。ふたりの力を元に戻せば、エトの幸せな日々が終わると思っていたからだ。

それも、エトのためだけの願いだった。

サリが映し出す映像で見る白銀の姿は辛《つら》そうで、何度も目を瞑《つぶ》りそうになったがエトは必死で新月に抗《あらが》うその姿を見続けた。

自分の願いが、引き起こしたことを。

白銀は今も必死にエトのために恐ろしい人々の心を自分の内に留めようとしているのだ。

こんなことを、白銀にさせてはいけない。

（さよならを言わないと）

その思いは、自然にエトのうちに込み上げてきた。

白銀の体から皆の魂を救い出したら、白銀にお別れを言おう。

白銀がいなくなったらひとりになってしまうとずっと思っていたけれど、サリとラルフが一緒にいようと言ってくれたから。

サリとラルフの力を元に戻してもらうようお願いして、そうしたら、白銀は新月がサリに久しぶりに会った時のように笑ってくれるだろうか。サリとラルフも、エトに笑ってくれるだろうか。

決意を胸に抱いて、もうすぐお別れになる白銀の姿を瞬《まばた》きもせずに見つめていたのに。


「お前の魔物をここに呼べ」


デューカの登場で、すべてが狂おうとしている。

あの男の目的は白銀なのだ。もしかしたら、新月も。

決して新月をここへは呼ばないと強く告げていたサリの顔色が次第に変わっていく。

きっとデューカにひどいことを言われているのだとエトは思った。
（シロ）
一度は呼ぶことを止めたが、エトは心の中で強く白銀の姿を思い浮かべる。

（シロ）
新月は白銀の内から呑み込まれた半分の魂を引き出していたように思う。

もしかしたら、エトの声が少しでも届くのではないかと考えたのだ。

サリとデューカの会話を遮断《しゃだん》していた魔法が消え、真っ白な顔をしたサリがのろのろと面《おもて》を上げる。

――やめろ、サリ！　そんなことはしなくていい！

スクードの大声が響き渡り、その声に弾《はじ》かれたようにイーラが動いた。彼女はサリを背に庇《かば》うようにしてデューカの前に立ったのだ。

「デューカ様、彼女になにを命じられたのです。サリのバクは、あなたの部下とこの村の人々を救おうとしている最中です。既に半数の者たちが意識を回復しているのです。それを中断させる理由を我々にお聞かせください」

「中断などさせない。作戦の変更を伝達するだけだ。サリ・ノーラム」

デューカがサリの名を呼んだだけで、サリは大きく肩を震わせた。

（シロ、ここに来て。シロ）

エトはそんなサリを見つめながら必死に呼び続ける。

外からはもうエトの声が聞こえないのなら、ラルフと同じように白銀の中に入って話しかければいい。

白銀の心の傍にラルフがいるなら、知らない場所でもきっと怖くはないはずだ。

白銀の主人としてエトができること。エトが白銀を止めるのだ。サリにこれ以上悲しい思いをさせたりしない。

(シロ、わたしの声を聞いて。ここに来て、シロ)

ぽつりと、力なく掠《かす》れたサリの声が地面に落ちた。

「新月、助けて」

幕舎の中に、黒い影がひとつ立った。

「シロ!」

遅れて、銀色の影が飛び込んでくる。

暴風を伴《ともな》いやってきた白銀の登場に幕舎は簡単に吹き飛んだ。

悲鳴が辺りを支配し、白銀はその場にいた人々すべての魂を引き出そうと力を振るう。魔法使いたちが白銀に向け一斉《いっせい》に魔法を仕掛ける。

両手を広げて真っ先に白銀の内に飛び込もうとしていたエトの体は、サリによって引きずり倒された。

「新月、皆を守って!」

サリの声が響き渡るのと同時に新月の力と、白銀の力がぶつかり合う。

皆の魂を引き寄せようとする白銀の腕を抱《かか》え込《こ》むように抱きしめるサリの体から、光が抜け出るのをエトは見た。

一体、バクの腹の中がどうなっているのかなど考えてみたこともなかったが、なかなかどうして悪趣味で嫌な空間だとラルフは大きく息を吐く。

白銀が村人たちの体から次々と魂を引き出していたのを見たのだから、自分の体はこの空間で存在しないはずなのだが、息を吐く行為ができるということは、体があるということになる。

「それはただの君の意識だよ。君の心が体を覚えているから、実体はないけれどあるように感じているだけ」

「勝手に人の思考を読むな」

「仕方がないでしょう。君は今僕の中に意識だけの状態でいるんだもの。君の考えは僕に筒抜け」

「お前はそうやってふにゃふにゃ笑ってないで、腹に力入れろ！」

「ああもう、君の声はうるさいなあ」

そう言いながら、ラルフの腕の中でやはりふにゃふにゃとした顔をして笑うのは、すっかり子供ほどの大きさになってしまった白銀だ。本来の白銀はラルフより頭一つ以上背が高かったが、ここに飛び込んできた時にはラルフよりも頭一つ小さくなっていた。

ここに来た時、辺りは一面灰色の重苦しい空間で、光の玉がふわふわと彷徨《さまよ》いながら一方向へと流れていくのが見えた。

それについていくと、突然、巨大なクスノキがそびえていた。

小屋の傍に立っているクスノキだとすぐに気づいたのは、大きな洞があったからだ。

その洞にびっしりと黒い影が取り付いて中に入ろうと蠢《うごめ》いていた。

体もないのにぞくぞくと寒気がして、そこに近づくにつれ何故か、暗く絶望的な気持ちが込み上げてくる。

あれは近づいてはいけないものだと、本能的に体が後ずさった。

勢いに任せて白銀の前に飛び出したラルフは、なんの勝算もないのに命を投げ出した。

もしこのまま死んでしまったら？

思わず立ち止まり、背後を振り返る。自分はここから出ていくことはできるのだろうか。

このまま進んでいけば、自分は死んでしまうのではないだろうか。

クスノキの洞に取り付く黒い影が蠢く姿を見ているとぞっと足元から寒気が立ち上ってきて、踵《きびす》を返そうとした瞬間、

――しっかりなさい。ここになにをしに来たの、ラルフ。

「……ジーナ？」

エトがラルフのためにと選んでくれた守り石のジーナの声が、重苦しい空間をすぱりと裂いた。

「ちょっと待て。お前、ついてきたのか？　ついてくることができるのか？」

石はラルフの首にかかっているはずだ。

――あなたが、私ごとあなたの体を意識しているからよ。

分かるような分からないようなことをジーナは言ったが、随分《ずいぶん》機嫌が良さそうだ。

ジーナの声に異常なほど沈《しず》みかけた気持ちが浮上していくのを感じる。

――あの子の意識を呑み込んだのは、あの子が呑み込んだ人々の心よ。ここはそういう空間。村人たちの化け物を退治したいという強い執着心、恐怖心、怒り、負の感情が満ちているのだとジーナが告げる。

それを聞いて、ラルフは大声で叫んだ。

「おい白銀！　お前が来いと言うから、来てやったぞ！　出迎えの一つもすべきだろう！　白銀！　どこにいる！」

ジーナが呆《あき》れたような声を出したがラルフは構わない。

と、ラルフの大声に何故かクスノキに取り付いていた黒い影たちがいっそう洞の中へ押し入ろうとし、同時にラルフにも向かってくる。

近寄ってきた黒い影を足で力任せに蹴飛ばすと、影に触れた部分から強烈な憎悪が伝わってきた。

化け物。倒したい。倒したい。サリ。倒したい。消したい。消したい。消したい。憎い。サリ。憎い。憎い。化け物。怖い。怖い。怖い。

時折伝わってくるサリの名から、あの時白銀によって呑み込まれた光が、黒い影となっていることに気づく。

「ふざけるなよ。化け物なんかいない。倒すべき化け物なんかいないんだ！　サリもエトも、化け物じゃない！　いい加減にしろ！」

一喝《いっかつ》すると、影がざっとラルフから引いていく。

「……ラルフ、早く来て。ここにいる」

クスノキからよく知る声が届き、ラルフはぎょっとしつつ駆け寄った。

「お前まさかそこにいるのか！　なにをやっているんだ本当に！」

幹にべったりと張り付いた黒い影を、ラルフは手当たり次第に剝《は》がしていった。

洞の入り口はかろうじて閉じられており、影たちはここに入ろうと蠢いていたのだ。

どうやって中に、と思った瞬間、ラルフの体は洞の中に招き入れられた。

広くもない洞の入り口から一番離れた場所に、白銀の姿があった。膝を抱えて小さくなっている。

「遅いよ」

ラルフを見ると、まるでエトに向けるような笑みを浮かべる。

「お前、こんな場所でおとなしくしてないで逃げろ！」

洞の中は不思議な音で満ちていて、先ほどまでの重苦しい空気が消えてほっと息を吐く。だが、洞の入り口の辺りから漂《ただよ》ってくる悪意と憎悪までは遮断できていない。

この場でじっとしている方がおかしくなりそうで、ラルフが白銀を洞の外に連れ出そうとすると、嫌だと首を振った。

「この洞が僕を守る砦《とりで》でもあるんだ。エトの好きな音で満ちている。この外に出ると、僕は彼らの意識にたちまち呑み込まれてしまうから。君が来てくれて本当に良かった。君もここから出ないで。彼らの意識に呑み込まれないで。僕を抱きしめていてくれないかな」

「断る」

結局手を握ることで妥協《だきょう》したラルフだったが、それは洞の周りを囲む影たちの憎悪がぐっと濃くなっていくのを感じたからだ。

ラルフは努めて、洞のうちに溢《あふ》れている「木の音色」に意識を集中しようとした。

サリやエトは木々の幹に耳を当てて、木の音色を楽しんでいた。だが精霊の声が聞こえるようになってからも、ラルフは一度もその音を聞いたことがなかった。

自然の音のようで、まだ誰も聞いたことがないような、様々な音が幾重《いくえ》にも重なり、それでいて不協和音にはならず調和に満ちている。緊張していた心がゆっくりと慰《なぐさ》められるようで、不安な気持ちが落ち着いていくのを感じる。

しかしここは時間の流れというものがまるで分からない。

「ねえ、エトは僕の姿を見て泣いていたでしょう？　ああ、本当に嫌だな。あの子が泣くのを見るのは本当に嫌だ」

理性をなくしたと思っていたが、白銀は自身のしたことをしっかりと見ていたらしい。

ラルフの手を強く握って、外の様子を探っている。

「サリが新月を呼んだね。うまくやってくれるといいんだけど」

ラルフが辿《たど》り着《つ》いた当初こそ白銀は喋《しゃべ》っていたが、すぐにほとんどなにも言わなくなり、それに比例するように洞の周りから流れ込んでくる影たちの憎悪が色濃くなっていく。

もう彼らはラルフが一喝しても逃げていく様子がない。ただひたすら、洞の周囲からラルフと白銀の意識を呑み込もうと昏《くら》い感情を送り込んでくる。

自分は一体こんなところでなにをしているのだろう。サリはうまくやれているのだろうか。

そもそも、サリは本当に自分を助けに動くだろうか。

元はと言えば、自分がデューカの命《めい》に従い白銀に向けて力を放ったことがすべての発端《ほったん》だ。

これまでのことを振り返れば、ラルフがサリに示していた態度がどれほど傲慢《ごうまん》だったのかが分かる。サリはラルフのことをどんな風に見ていたのだろう。

精霊たちの声が聞けるようになり、この山で共に過ごすうちにラルフはサリに対する認識も思いも随分《ずいぶん》変わったが、果たしてサリはラルフのことをどう思っているのか。

皆の悪意から逃げたいとサリが言った時に逃げようと答えていればこんなことにはならなかったのではないか。

逃げるなと怒鳴りつけて、一方的にラルフの感情を押し付けた。サリがどれほど絶望していたのか、ラルフには少しも分からなかったくせに。

――ラルフ、白銀の様子がおかしいわ。

ジーナの声に、ラルフは思考を引き戻された。

慌てて白銀を見て、その様子にぎょっとする。思わず、白銀の肩を自分へと引き寄せた。

「お前、体が小さくなってないか？」

「そうかな」

気づけば、白銀は十代半《なか》ばの少年ほどの大きさになっており、白い顔をより一層白くしてへらりと笑う。

「おい、今外はどうなってるんだ。なんでこんなに小さくなってる。しっかりしろ！　くそ、お前たちは寄ってくるな！　散れ！　いいか、サリもエトも白銀も、退治させるつもりはないからな」

怒鳴りつける間にも、外部から流れ込む憎悪は増していく。

彼らの憎悪を感じる度《たび》、心が冷えて、もう、間に合わないのではないかという心が込み上げてくる。

「新月が僕の呑み込んだ魂を引き出そうとしているから、僕の体が抵抗しているんだ。ああ、エトのお気に入りの池がめちゃくちゃになってしまった。悲しむだろうな」

――今、ひとつ引き出されていったわ。

洞の外を窺うことのできないラルフに代わり、ジーナが少しずつ消えていく黒い影のことを教えてくれる。

早く早くと焦《じ》れる間に、気づけば白銀はエトほどの大きさになっており、ラルフは思わずその体を抱き上げた。

「抱きしめてくれないんじゃなかったの」

「まだまだ元気そうだな」

「ああ、君に頼んで本当によかったな」

白銀は軽口を叩くが、ラルフは白銀が小さくなっていくほどに自分の恐怖心が大きくなっていくのを感じている。

白銀の体が小さくなるのは、白銀の心が呑み込まれていく様を表しているのだ。

このまま小さくなり続けて、消えてしまったらどうなる?

ラルフの弱気に呼応するように、洞の入り口がわずかに崩れた。

真っ黒な影がのそりと近寄ってくる。強烈な憎悪と怒り、恐怖心。そして隠し切れない悲しみが伝わってきて、白銀の小さな体が震えるのが分かる。

「来るな……来るなよ……」

白銀の体を固く抱きしめるラルフの声まで震えてくるが、

――余計なことを考えている暇はないわ。サリとエトが頑張っているのに、あなたは消えるつもりでいるの。

ジーナの声にはっと意識を引き戻される。

そうだ。サリが迎えに来るまで、自分は正気を保っておかなければならない。ここでは死なない。

もう一度、魔法の力を取り戻すまでは絶対に死なない。

黒い影を睨みつけながら、何度も繰り返し自分に言い聞かせる。

ラルフの意識がこの恐怖に呑み込まれたら、その時は白銀も最後の理性を失う。

じりじりと黒い影と睨み合う時間ばかりが過ぎ、ジーナが半数の魂が返っていったと告げて白銀の体が小さくなるのが止まったと思った頃だった。

もうぐったりと目を閉じてラルフの腕の中でおとなしくしていた白銀が、突然身を起こした。

「駄目だ。エト、僕を呼んでは駄目だ」

「どうした、なにが起きたんだ白銀」

焦ったように白銀が叫び、ラルフを見上げて悲痛な声を出す。

「嫌だ、僕はあの子に生きてほしいんだ。あの子を喰べたくなんてない。ラルフお願いだ。エトが僕に喰べられようとしている。嫌だ！　嫌だ！」

狂ったように暴れ出した白銀を抱き締め、ラルフはその顔を摑むと、目を覗き込んだ。

「拒絶しろ、白銀！　エトを喰うな！　いいか、お前は絶対にエトを喰ったりできない。今一番近くにいる俺の声を聞け。白銀、お前はエトを喰わない！」

叫ぶなり、視界が開けた。

クスノキの洞の入り口が開いたのだ。途端、黒い影が一斉《いっせい》に洞の中に雪崩《なだ》れ込《こ》み、ラルフと白銀に取り付き始める。

「どけ！　来るな！　離れろ！」

腕を振り回し、足で蹴飛ばし、だが次第に、ラルフも黒い影に呑み込まれ身動きがとれなくなっていく。

一体、外ではなにが起きているのか。

「くそ、早く来いサリ！」

さらに小さくなっていく白銀の体を抱き締め、ラルフは黒い影に覆われる視界を見つめながら叫んだ。

4

——呑み込まれるな。サリ。


遠くで誰かが叫んでいるのを感じてサリは目を覚ました。

サリは暗闇《くらやみ》の中にいた。

一体自分がどこにいるのか分からず、仰向《あおむ》けになった状態のまま周囲を手探りで探ってみたが辺りにはなにもない。

ゆっくりと身を起こし、ぼうっとした頭で目が暗闇に慣れるのを待つ。

これだけ暗いということは夜なのだろうと思うが、それにしても辺りが静かすぎる。

自分はどこでなにをしていたのだっけ。

思い出そうにも薄く靄《もや》のかかったような思考に若干苛立《じゃっかんいらだ》ち、サリはしばらくその場に座っていたが、ふと気づいた。

この場所が、土の匂いも木々の匂いも風の音もしないことに。

不気味な予感にざわと鳥肌が立ち、右手首のスクードに触れる。

ゆっくりと暗闇に目が慣れていき、なにもないと思っていた周囲に更に濃い影が見えてくる。

(なんだ……?)

影の正体を確かめようと目を凝《こ》らし、サリはひっと息を呑んだ。

それは倒れた人の影だったのだ。

座ったまま後ずさり、なにかにぶつかる。人。あちらの影も、こちらの影も、皆、人だった。

逃げ出そうにも、人の影が幾重《いくえ》にも自分を取り巻いていることに気づいてサリはその場から動くことができない。

(一体何が……)

震えながら思考を辿《たど》りかけ、サリは自分の目の前に倒れている人物の顔を見た。

「イーラ!」

ひとりの姿がはっきりと認識できた途端、闇が晴れたように周囲の人々の顔が分かった。イーラの向こうに伏しているのはゴス。幕舎にいた公安魔法使いたちに公安精霊使いたち。

「リュウ!　なんで!」

ひとりひとりの顔を確かめながら、サリは仰向けに倒れていた友人を見つけた。その胸に手を当ててみるが心音がしない。

すぐ傍にデューカの私設護衛隊の隊員たちが折り重なるように倒れており、ひとりひとりを地面に下ろしていくと、一番下に、デューカの姿があった。

すべてを思い出し、サリは両手で自分の顔を覆《おお》ってその場に膝から崩れ落ちた。

皆、白銀《しろがね》に喰われてしまったのか。

デューカの要求が恐ろしくて、自分ではもうどうしたらいいのか分からなくて、ただ新月《しんげつ》に助けを求めてしまった。

エトはサリを心配して、咄嗟《とっさ》に白銀を呼んでしまったのだろう。未《いま》だ理性を失ったままの白銀がエトの声に反応したのかは分からない。新月の後を追ってきたのだとすれば、幕舎に白銀を呼び寄せたのは間違いなくサリだった。

白銀があの場にいた人々すべてに向けて放った力。公安魔法使いたちが白銀を止めようと向けた魔法、私設護衛隊の魔法使いたちが白銀を捕獲しようと向けた魔法。サリの言葉を受けて新月が放った力。すべてがぶつかりあい、凄《すさ》まじい光の渦《うず》に包みこまれて、そうして、今サリが目覚めた。

この場に、エトの姿はない。サリの願いを聞いて、新月がエトを守ってくれたのだろうか。

だが、だからよかったとはとても思うことができない。

「リュウ、リュウ、なあ、起きてくれないか。リュウ」

サリは震える声でリュウの体を揺り動かしてみる。いつもサリに陽気な笑顔を見せてくれるリュウは固く目を閉じて、ぴくりとも動かない。

気象課のリュウは、本来こんな場所に来ることはないはずだった。きっと、サリの友人だからというそれだけの理由で、危険を顧《かえり》みず助けに来てくれた。

「イーラ、ゴス」

サリの言葉を聞いて手を差し伸べてくれた人たち。エトのことを理解し、サリを助けるための力になろうとしてくれた。

いつもは距離のある公安局の精霊使いたちも、嫌な顔ひとつ見せずに話を聞いてくれ、これは私たちの仕事なのだからとサリの提案を受け入れて動いてくれた。

もう誰も動かない。

底冷えのする恐怖と絶望がサリを包み込む。

（ああ、やっぱり私は……）

「やはりお前は災厄《さいやく》をもたらす化け物だったんだ」

嘲笑《ちょうしょう》を含んだ声が突然響き、サリはのろのろと顔を上げた。

「イジ」

白銀に魂《たましい》を呑まれたイジが、いつの間にかサリのすぐ目の前に立ってこちらを見下ろしていた。

「お前があの化け物を連れてきて、化け物が俺たちの仲間も、お前自身の仲間も皆喰っちまった。お前がやったんだ。お前が、皆の命を奪ったんだ。俺の妻と子の命を奪ったように」

なにか言わなければと思うが、言葉がなにも浮かんでこない。

「なにが人助けだ。公安精霊使いだ。人を傷つけたいと思ったことは一度もない？　それが本当なら、お前は存在するだけで周りに災厄を招く化け物だということだ。お前は村を壊滅させたんだ」

次に現れたのは村長だった。

赤い顔をして怒鳴りつける村長が両手を広げて周りを示すと、サノ村の人々の姿が彼の周りに浮かび上がる。

「そんな……」

新月と白銀の力は、村にまで及んだというのか。避難は間に合わなかったのか。

倒れ伏していた村人の影が立ち上がり、サリの方へ近づいてくる。

「どうして帰ってきた」

「どうしてこんな目に遭《あ》わせる」

「お前の身勝手のせいで」

「どうして」

黒い手がいくつも伸びてきて、サリはその場から駆け出した。

だがいくらも行かないうちに立ち止まる。

「カルガノ局長」

何故か、暗がりの向こうにカルガノが立っていた。

丸い眼鏡《めがね》の奥の目が、悲しみの色で溢《あふ》れている。

「サリ、こうならないためにも、早いうちにエトからバクを解放するようお願いしていたはずです。あなたなら、うまくやってくれると信頼して任せたのですが。残念です」

首を振り、背中を向けて去っていくカルガノをサリは呆然《ぼうぜん》として見送る。

オルシュに言われて山を下りて王都ザイルに出たサリの後見人となり、以来ずっと、公安局の中でうまくやれていないサリを励《はげ》まし、居場所を作ろうと働いてくれていた人だった。

ひどく失望させてしまったと知り、サリの目から勝手に涙が溢れてしまう。

せめて謝罪だけでもしなければとカルガノが消えた辺りを目指して追いかけようとしたサリの腕を、強く引っ張る者があった。

「お前は一体なにをやっているんだい」

「オルシュ……！」

サリは信じられない気持ちで叫んだ。だってそこにいたのは、二年前にこの世から去ったオルシュだったからだ。

サリの手首をぐいと摑み、呆《あき》れた溜め息を吐く様は記憶の中のオルシュとまったく変わらない。

「オルシュ」

「お前の話なんか聞きたくないよ」

話しかけようとした途端、ぴしゃりと撥《は》ねつけられた。

鋭い瞳に胸がひやりとする。

こんな目をオルシュに向けられるのは初めてのことだった。

サリが馬鹿なことをすればオルシュは容赦《ようしゃ》なく叱《しか》ったが、拒絶するような冷たい目で見られたことはない。

「私が教えたことをなにひとつ生かせなかったお前に、これ以上なにを言えばいい？　白銀が暴走したのは、お前のせいだよサリ。ここにいる皆、お前のせいで死んじまったんだよ。公安精霊使い？　立派な肩書きだけ貰《もら》って、お前は少しでも役に立ったのかい？　結局お前はエトも白銀も救えなかった。本当にとんだ馬鹿者だ」

早口にまくしたてられるのに懐かしさを感じる余裕すらなく、オルシュはサリを立ち直れなくさせてから姿を消した。

サリは震えて、もう言葉も出ない。

誰にも会いたくない。もうなんの言葉も聞きたくない。

そう思っていたのに、サリの前にはまた誰かが現れた。

「お前、どうして間に合わなかったんだ」

「……ラルフ」

ぐったりとくたびれ果てた様子のラルフが、サリを真正面から強く睨《にら》みつける。

ああ、ラルフも駄目だったのか。

「す、すまない。助けに行くつもりだったんだ。本当だ。新月を呼んで、ラルフを助けられるはずだったんだ」

「でも無理だった」

ラルフがサリの背後を指さす。

そこには無数の人々の影が連《つら》なっている。

影はゆっくりとサリに近づき、サリの足元を埋め尽くし、足に腰にと巻き付いてくる。

あれはサリの失敗が生み出したもの。誰も傷つけたくないと思っていたし、皆を助けたいと心の底から願っていた。多くの人の助けを借りて、成《な》し遂《と》げられると一瞬でも思った。

体が震えて足に力が入らず、サリはとうとうその場に膝をついた。サリを覆うたくさんの影はたちまちサリの全身に取り付いて、首元までを埋《う》めてしまう。

「本当だ。本当に、あんたを助けに行こうと」

入れ替わり立ち替わり目の前に現れた人々の言葉がサリの気持ちを粉々に砕《くだ》いて、すまないという言葉しか出てこない。

苦しくて辛《つら》くて、このまま消えてしまいたい。自分のような者が誰かを助けたいなどと、とんだ傲《おご》りだった。両親に山に捨てられたあの時に消えてしまえばよかったのだ。

首から後頭部まで影はどんどん取り付き、サリが両手で覆う顔だけがかろうじて白く覗いている。

ラルフがサリの前に片膝をついた。

「もういい。全部終わったことだ」

深く吐かれた息と終わりの言葉に、サリは深く項垂《うなだ》れる。影がサリの目元まで覆い尽くし、その姿を見ながらラルフはやさしく微笑《ほほえ》む。

「お前に期待した俺が愚《おろ》かだったんだ。俺たちの命で償《つぐな》おう」

今にもサリの顔がすべて影に覆い尽くされそうになったその時だった。はたと、サリが目を見開いた。

「……あんた、誰だ」

目の前のラルフの眉《まゆ》が上がり、なにを言っていると笑う。

「あんた誰だ」

もう一度、相手を強く見据《みす》えながらサリは問うた。サリの口元からぼろりと影が剝《は》がれ落《お》ちる。

「誰って、ラルフだ。お前の同僚の」

「違う」

即座に否定し、サリは膝に力を込めて立ち上がった。体中、重く鬱陶《うっとう》しい影にまとわりつかれているが、サリが立ち上がるといくつかの影が地面に落ちる。

そんな状態に見向きもせず、サリはただ真正面に立つラルフの顔を見据えていた。

「ラルフは己《おのれ》の失敗を、命で償うような真似は決してしない」

目の前のラルフの顔をした者に告げながら、サリは重く苦しい気持ちが少しだけ晴れてくるのを感じる。

「私に期待して失敗したとして、そのことで自身を愚かだと感じたら、己に怒りを向けて自身の力で切り抜けようとする男だ。そもそも、自尊心の高いラルフが私にそんなことを言うはずがない」

白銀に向かう時、ラルフは死ぬ気はないと言った。

なによりもラルフ自身がサリをパートナーと呼び、サリに自分を助けに来るよう告げたのだ。

「あんたはラルフじゃない。ラルフはどこにいる」

再び腕に絡まりついてきた影を、大きく腕を振って落とす。

やっと自分の体が影に呑み込まれかけていることに気づいて背後を振り返れば、先ほどまで見渡す限り転がっていた人々の姿が消えている。

「なあ、もういいだろう。このままおとなしく消えてくれ、サリ。あいつだってもう間に合わない」

苛立《いらだ》ちを隠さずラルフが言ったと思ったら、次の瞬間、それはイジの顔に変わった。

イジはそのまま黒い影となりサリの元へ近寄ってくる。

消えてくれと言われた瞬間、サリの内に込み上げてきたのは猛烈な怒りだった。

「嫌だ！」

これまではただ悲しみと恐怖と寂しさだけがわいてきたのに、今は心の底から怒りがわいた。

消えてなどやるものか。

なにが起きているのか分からないまま、サリは自分の足を埋めている影たちを思い切り蹴散《けち》らすと、暗闇の中を駆け出した。

どこを見ても、サリが先ほどまで恐怖と絶望のなか目にした人々の姿はない。あれは幻だったのか。

しかしイジがここに居《い》て、サリが白銀に魂を引き出されたと思ったあの感覚が本物なら、サリは今、やはり白銀の内にいるのだ。

それにあの影はなんと言った？　もう間に合わない。つまり、まだラルフはどこかでサリを待っている。

「ラルフ！」

サリは大声で闇に向かって叫んだ。どこからも声は返ってこない。代わりに、黒い大きな影が闇の向こうからサリめがけて迫《せま》ってくる。

意識を失っていた時、誰かが「呑み込まれるな」と叫んでいたのを思い出す。

あれは、よくないものだ。あれに呑み込まれてはいけない。

踵《きびす》を返して逃げようとした時、サリの手首からスクードが影の向かってくる方向に転がり落ちた。革紐《かわひも》が突然ぷっつりと切れたのだ。

慌てて拾おうとすれば、スクードがどんどん大きな影の方へと向かって転がっていく。

「待って、スクード」

言いかけたサリだったが、ふと予感がした。

「あっちにラルフがいるのか」

スクードの声を聞くことはできない。だがサリがそう問うと、坂道を落ちていくように平坦《へいたん》な地面を転がっていたスクードがぴたりと動きを止めた。

大きな影はすぐそこに迫っていたが、サリは迷わなかった。スクードを拾い握り締めると、真正面から影に切り込み、蹴散らす。光も差さない闇の中を、ただひたすらラルフの名を呼びながら駆けていく。

こんな暗闇の中を走っていると、サリはどうしても両親に捨てられた山中のことを思い出してしまう。

あの夜、サリはどうしようもなくひとりで、心細くて、恐ろしかった。

今もサリはひとりで、おまけに背後からは得体のしれない黒い大きな影が追いかけてくる。

けれどはっきりと、心に目指す人がいた。

「ラルフ！　私だ！　返事をしてくれ。どこにいる！　ラルフ！」

俺は死ぬつもりはない、と言ったラルフの顔が脳裏に浮かぶ。

これから先ずっと、必ずサリの声を拾う。そう言ったのはラルフだ。

幼いサリの言葉を拾うことができなくて悪かったと言われた時、自分はずっと、誰かにそう言ってほしかったのだと初めて知った。

サリが届けたかった声を、拾ってくれた。サリは悪くないのだと言ってくれた。

サリが求めていたのはずっと、それだけだったのだ。

声をあげて泣きたくて、同時に気持ちが静かに満たされて、胸が震えた。

「ラルフ！」

幼い頃からずっと心の奥にあった恐怖がなくなっている。サリの存在を消したいと願う心が蠢《うごめ》く場所で、けれどサリは少しも怖くない。

どのくらい走ったのか。

空気が一段と澱《よど》み重くなったのを感じてサリはその場に立ち止まった。

広い空間の真ん中に、黒い影がびっしりと取り付いたクスノキが枝を広げている。

サリのよく知る、洞《ほら》のあるはずのクスノキだった。

近寄るだけで寒気のするようなおぞましさにサリは息を呑んだが、右手に握り締めたスクードをもう一度強く握り直すと、もう幹も見えなくなっているクスノキに向かって歩いた。

サリが近づいていくと、いくつかの影がサリに寄ってくる。

消えろ、消えろ、消えてしまえ。

憎悪が足元にまとわりつくが、サリは構わず影に覆い尽くされているクスノキの前に辿《たど》り着《つ》いた。そのまま、躊躇《ためら》いもせず抱き付く。木の音を聞こうと、幹に耳を寄せるように。

「ラルフ」

憎い。憎い。消えろ。消えろ。化け物。化け物。化け物！

凄《すさ》まじい憎悪がサリを取り巻いていくのを感じるが、サリは動じなかった。

自分に向けられる多くの怒りや憎しみや恐怖の声の奥を探っていく。


（……サリ）

昏《くら》い叫びの向こうに、微《かす》かな声を聞いた。

「ラルフ！　私だ！」

かっと目を見開き叫んだ瞬間、黒い影の塊《かたまり》を抱いていたサリの右手が光を放った。

影たちがざっとクスノキから離れ、途端、クスノキそのものの姿が消えた。

見えたのは、何かを抱きかかえて小さくなっているラルフの背中。

影から解放されふらりと顔を上げる。薄目を開けてサリの姿を認めるなり、眉をひそめた。

「遅い。生まれて初めて死ぬかと思った」

ああ、これがラルフだ。

この嫌味に安心する日が来るだなんて考えもしなかった。

ふと笑いそうになったが、ラルフが真顔で腕の中のものをサリに差し出した。

「白銀だ。お前に話があると」

幼児のような姿になった白銀が、ひしとサリに抱き付いてくる。驚くサリの首にしっかりと両手をまわし、白銀が溜め息を吐くように言った。

「ああサリ。もう誰にも君を呑み込むことはできない。よく頑張ったね」

小さな腕に強く抱きしめられた後、白銀が自分の額をサリの額にくっつけてきた。

「驚かずに聞いてほしい。僕はサリたちが集まっていたあの場所で、そこにいたすべての人たちの魂を奪ったんだ。でも君が新月に願ってくれたお陰で、エトも他の人々の魂もすべて、僕に呑み込まれないように新月が今必死に繋《つな》ぎとめてる」

たちまち、先ほどここで目覚めた時の光景が浮かんでサリは凍り付く。あれはサリを取り込もうと影たちが見せた幻ではなかったのか。

「ここからも新月の力を少しだけ感じるよ。君を助けてくれたでしょう？」

白銀はサリの右拳を示した。握り締めているのはスクードだ。

「新月⁉」

ラルフの居場所が分からなかったサリに、方向を示してくれたのはスクードだった。

黒い石を凝視《ぎょうし》して叫ぶと、まるで返事をするように一瞬、ぼんやりと光を放つ。

「おい、サリ、見ろ！」

思わずスクードを握り締めて額に押し当てたサリに、ラルフが叫びながら上を指さした。

つられて見上げると、ただ闇ばかりが広がっていると思ったそこに、無数の光が、まるで星のように浮かんでいる。すぐにそれが人々の魂の光なのだと理解した。

「綺麗だね。新月がむりやり僕の空間に干渉《かんしょう》して、彼らがここに落ちてこないようにしてるんだよ」

よく見れば無数の光が浮かぶ空間とこの空間の間には境があり、そこには稲妻《いなずま》が絶えず走り、時に火花のようなものを散らしてさえいる。光の浮かぶ空間がこちらにじりじり引き寄せられたかと思うと、また急に天井《てんじょう》に引きずり上げられ、その度に星が空で揺らめいているように見える。

白銀は魂を引き寄せようとし、新月がそれを阻止《そし》しようと、力が干渉しあっているのだ。

だが、束《つか》の間、サリはその光がなんであるのかも忘れて頭上に広がる美しい光景に見惚《みと》れた。

そんなサリの腕を軽く叩いて再び注意を引き、白銀はサリの目を覗き込む。

「ねえサリ。イジの心の奥は後悔でいっぱいだ。君への憎しみで心を満たして自分の本当の悲しみを見ないようにしているけれど、心の奥では、あの時君の声を聞けばよかったってずっと泣いている。君の声を覚えているんだ。彼の苦しみが和《やわ》らげば、僕は僕を取り戻すことができる」

バクは人の心に寄り添うものだ。

多くの人々の魂を呑み込み、その心に自身を半《なか》ば以上奪われた白銀は、イジの心をより深く感じ取っていたのか。

「でも私には彼の苦しみを和らげる方法なんて分からない」

「分かるよ」

すかさず白銀は答えた。

「君にはもう分かってる。助けてあげて」

真剣な顔で言われて、サリはどうしようと視線を彷徨《さまよ》わせた。

「おい、あいつら何する気だ！　やめろ！」

と、ラルフが叫んで駆け出した。見ると、黒い影が集まり、みるみるうちにその大きさを増して、宙を凄《すさ》まじい勢いで上っていく。

「エトたちを取り込もうとしているんだ。新月ももう、君にほとんど力を割《さ》くことができないくらいぎりぎりの状態だから、彼の守りがいつまでもつか分からない」

「サリ、あいつらを捕まえろ。宙に網《あみ》を張るイメージだ。エトたちの前に壁を作るイメージでもいい。影と接触させるな！」

白銀の声を聞くなり、ラルフが指示を飛ばす。

「ここで魔法が使えるのか⁉」

「使えると思い込め！」

むちゃくちゃを言うラルフだったが、今にもエトたちの放つ光に届きそうな黒い影を見てサリは白銀をラルフに預けると、無我夢中で宙に向かって指をかざした。

エトたちを守るもの。天井を覆うもの。影たちを覆うもの。包み込むもの。

サリの指先から光が迸《ほとばし》ったかと思うと、たちまちその場にクスノキが生えた。洞のあるそれは、先ほどまでラルフが白銀と籠っていた、サリとエトにも馴染みの木だ。

だが魔法を放った途端、強烈な目眩《めまい》に襲われてサリはその場に膝をつきそうになる。クスノキが消えかけ、ラルフが焦った声でサリの名を呼ぶ。

魔法の力を使うにはもう、とうに限界を超えているのだ。

（まだだ。まだ持ってくれ）

右手に握りしめたスクードが熱を帯びたのはその時だった。瞬間、サリの指先から強力な魔法の光が飛び出す。

今にも消えかけていたクスノキはめりめりと大きくなり、たちまち天井を多方向に伸びた枝葉で埋め尽くし、黒い影が光に到達するのを阻んだ。

（新月）

サリは宙を見上げ、そこに姿の見えないサリのバクを思った。

そのままクスノキは更に巨大化し続け、枝葉は天井を押し上げ、遂《つい》には洞がサリたちのいる空間そのものとなって、黒い影さえも取り込んだ。

クスノキの洞の内には、サリの記憶によって丁寧に再現された木の音色が溢れている。

いつでも、ありのままのサリを受け入れ、受け止めてくれるやさしい場所だ。

自ら作り出した場所だというのに、サリはその音色のあまりの懐かしさに心が震えそうになる。

洞の内に捕えられた黒い影たちは最初こそぐるぐると辺りを飛び回っていたが、動きがゆるやかになり、影がひとつひとつ離れていき、少しずつ薄くなり、やがて淡い光を帯びて蛍《ほたる》のようにふわりと浮かび上がっていく。

その中でたったひとつ、いつまでも真っ黒な影がサリの元へ近づいてきた。

それがイジだと、サリにももう分かっていた。

サリの足元にまとわりつく影に片膝をつき、サリは少し考えてから言った。

「イジ、私はあの時子供で、正しい情報を伝える術《すべ》を知らなかった。あなたが私の言葉を信じられなくても仕方がなかったと思う。ただ山崩れは、事故だったんだ」

影は長い間サリの足元にわだかまっていた。

が、だんだんとその色を薄くしていき、ふとサリの元から離れていった。

これでよかったのだろうか。

薄くなったイジの影を不安な気持ちで見送ったサリだったが、不意に、腕に抱えていたものが重みを増し、次いで容赦《ようしゃ》のない力で抱き付かれた。

「サリ、君のお陰だ」

「元に戻ったのか！」

ついさっきまで幼児の姿だった白銀が、今はサリを見下ろし、満面の笑みを浮かべている。

「もう新月のすることを僕が邪魔したりしない。さあ、お帰り。ふたりとも、〝外〟で会おう」

いつの間にかクスノキは消えて、影はなくなり、白銀の指さす上空には天の川のように光が流れている。

クスノキの洞の中で流れていた木の音色が辺りに響いていて、サリは自分が浮いていることに気づく。自分もまたこの空間の天の川の光のひとつとなり、自分の元へ帰るのだ。

サリは自分が光に包まれるのを感じる。


再び目が覚めた時、そこは最後に意識を飛ばした幕舎のあった場所ではなかった。

薄暗いそこが、オルシュの小屋の傍《そば》にある、本物のクスノキの洞の中だということにすぐ気づく。

外から差し込む光と山の鳥たちの声が、夜が明けようとしていることを告げていて、サリはゆっくりと洞の外に出た。

「新月！」

洞のすぐ外、クスノキの根元に足を投げ出して木に体を預けていたのは、サリのバクだった。白銀と山の中を駆けまわって争っていたのが嘘のように、長い黒髪は艶《つや》やかで、頬には泥《どろ》はねひとつなく、衣服に汚れも乱れもない。

ただ、目を閉じたその顔も肩で息をする様子も、ひどく辛《つら》そうで、これまでに一度もそんな新月の姿を見たことのないサリは、慌てて新月の前に膝をついた。

「新月、どうしたんだ。苦しいのか」

ゆっくりと新月の目が開き、サリを認めた。サリの頬を撫《な》でて、満足そうに笑う。

「力を使いすぎただけだ。心配するな」

「私がむちゃな願いをしたからだな」

表情を暗くしたサリに、新月は軽く首を振った。

「当然の願いだった。君が憂《うれ》うことはなにひとつない。よく、頑張ったなサリ」

そう言って子供の頃と同じように頭を撫でられると、これまでのできごとが一気に思い出されて、サリは涙がこぼれるのを止めることができなかった。

「泣かないで大きくなれと言ったのに」

「頑張ってきたんだから見逃してくれ」

呆れたように笑って、新月はぽろぽろと涙をこぼすサリの手のひらをやさしく開かせてそこに握りしめていたスクードを取ると、世話になったと礼を言って、新しい革紐を取り出して石を通し、サリの手首にしっかりと結わえてくれた。

「良い石だ。君のことを心から案じている。サリを助けるために体を貸してほしいと頼んだら快《こころよ》く貸してくれた」

「うん。昔からずっと一緒にいるんだ」

「心強いな」

「うん」

夜明け特有のひやりとした空気の中で、サリと新月の間に言葉はほとんどなかったが、互いの無事を確認し、喜びを交わすにはこれで十分だった。

同時に、これは別れの儀式なのだとサリには分かっていた。

デューカに見つかる前に、新月を解放しなければならない。

「助けに来てくれてありがとう。会えて、嬉しかった」

なんとか涙を拭《ぬぐ》い、泣き笑いの表情で言えば新月は破顔する。

「サリ」

「なに」

「これからどうしたい？」

それは、初めて新月に会った晩に聞かれたことだった。

すぐにぴんときてサリはくすくすと笑い、お腹が空《す》いたからご飯が食べたいと答えた。

「リュウたちの無事も確かめたいし、イーラとゴスや公安局の皆にお礼を言いたい。山を見回って片付けもしないと。エトに王都をちゃんと見せてやりたいし、それから、また公安局でラルフと一緒に働けるといいな」

思いつくままに次々と喋《しゃべ》っていると、新月は不意にサリの頬を両手で包み込み、自身の額と突き合わせた。

「サリ、私は誰よりも幸せなバクだ。そのことをよく覚えておいてほしい」

サリは何度も頷いた。

「いつでもどこにいても君の幸せを願っている。これからも泣かずに大きくなれ、サリ」

新月の黒い瞳がきらきらと輝いて見えるのは自分が泣いているせいだろうか。

涙で前がよく見えないと、ぎゅっと目を閉じて、さようならと心の中で呟いた。

そうしてもう一度目を開くと、そこにサリのバクの姿はなかった。

寂しさが込み上げて、これ以上泣かないように奥歯を噛み締めていると、クスノキの反対側から声がした。

「もう少しくらい一緒にいてもよかったんじゃないのか」

「ラルフ⁉　いたのか！」

先ほどの新月と同じように木の幹に背中を預けて、ばつの悪そうな顔をしてラルフがこちらを見上げた。

「ラルフ、体はどこもおかしくないのか。どこか痛い所は？」

「お前だって一緒だろ。どこも問題なさそうだ」

目の前で立ち上がるラルフを、サリは心配で上から下まで見回してしまう。

だってサリは、ラルフの体から魂が引き抜かれて、動きを止める様をつぶさに見ていたのだ。

「俺よりも、あっちに行ってやれ」

あまりにサリが心配そうにするので居心地が悪かったのか、ラルフが道の下の方を示した。

顔を上げると、先ほどの新月と同じように木の根元に座り込んだ銀色のバクと手を繋いで、ぽつんとエトがこちらを見て立っている。

「ずっと、お前と新月のことを見てた」

「エト！」

ラルフの言葉に驚き叫ぶと、エトは遠くでびくりと肩を揺らした後、白銀から手を離して真っすぐにサリとラルフの元へ歩いてくる。直ぐにそれは駆け足になり、サリもラルフもエトの元へ駆け寄ろうとしたその時、ずん、と地響きが起きた。

山が、揺れる。

前につんのめってきたエトを抱き抱《かか》え、サリは辺りを見回した。鳥が鳴き、羽音を立てて慌てて飛び立つ音があちこちから聞こえてくる。ずしん、とどこかで重い音がしたのは大木が倒れたためか。

「おい、北の崖《がけ》が崩れたらしいぞ」

風の声を拾ったのだろう。ラルフが眉をひそめて呟く。

「滝にものすごい水がながれこんでるって。あふれそうだって水たちがさわいでる」

エトが不安そうに言う傍で、更にラルフが顔をしかめた。

「この地震は、新月と白銀がぶつかった力の反動だと精霊たちが。そんなことがあるのか？」

「僕たちのせいだよ」

答えたのは、銀色のバクだった。いつの間にかサリたちの傍に立っている。

「あまりに大きな力を使いすぎたから、もう僕にもほとんど力が残っていない。サリ、この山が多少崩れるのを止めることができない」

思考が停止したのは一瞬で、サリは即座に顔を上げた。

「白銀、エトを連れて山を下りるくらいの力は残っているのか？　可能なら、今すぐそうしてくれないか。ラルフ、元々、新月と白銀が暴れたら山が崩れるかもしれないと言われて、山の下に公安局の局員たちが待機しているんだ。山裾《やますそ》にも八方に分かれて待機部隊がいる。皆で対処しよう。リュウが途中で声を掛けてきた近隣からの応援部隊も到着すると言っていたはずだ。ラルフはこのまま精霊たちの声を聞き続けてほしい」

「分かった」

「私はゴスとイーラに先に伝達を……」

言いながら人差し指で空に光を描こうとして、サリは口を噤《つぐ》んだ。もう魔法を使う力が自分には残っていないのを思い出したからだ。歯噛みするが、仕方がない。

「ラルフ、とりあえず下まで走って皆と合流しよう。恐らく、公安精霊使いたちも精霊たちの声を拾って動いているはずだ。白銀、エトを頼んだぞ。幕舎のあった場所には出るな。デューカに見つからないように動け」

言いながら、サリはラルフと目配せしてその場から駆け出そうとした。

「待って」

白銀の腕に抱かれていたエトが、サリたちに向かって叫んだ。サリとラルフは背後を振り返る。

「シロ、わたしたちもここでおわかれしよう」

小さな、けれど確かな意思を持った声が響いた。ぎょっとするサリの前で、白銀は真剣な顔をしてエトを見つめている。

エトは胸元の白い石とクスノキの欠片《かけら》を無意識に握りしめている。勇気を振り絞《しぼ》っているのだと分かった。

「シロがいてくれて、すごくすごくたのしかった。でも、もうシロがくるしくなるお願いはしたくない。わたし、シロに笑ってほしい。だからここで、さよならしよう。わたしはサリとラルフといっしょにいるから、だいじょうぶ」

言いながらエトは白銀の腕から降りて、言葉通り、サリとラルフの間にやってくるとそれぞれの手を取り握りしめた。

「さいごのお願いだよ、シロ。サリとラルフの力をもどしてあげて。サリ、ラルフ、ずっとかえせなくてごめんなさい」

エトの声が震えて顔がくしゃくしゃになるのを、銀色のバクはどこか不思議そうに見つめていた。

けれどエトの言葉を最後まで聞くうちに、口元に透き通るようにやさしい笑みを浮かべた。そっとエトに近づき、その場に跪《ひざまず》いて小さな体を抱きしめる。

エトは顔にぐっと力を入れて、サリとラルフの手を強く強く握りしめた。

「エト。やさしい、僕の主人。僕も君に笑っていてほしいよ。それだけで僕は幸せだ。きっと大きくなって。応援してる」

エトが自分たちの手を握り締めながら白銀の言葉に何度も頷き、声もなく涙をいくつもこぼすのをサリとラルフはただ見届けた。

白銀の体が銀色の光を放ち、そのあまりの眩《まばゆ》さに思わず目を閉じてしまったサリだったが、次に目を開けると三人は幕舎のあった場所に立っていた。

「サリ⁉　無事だったのか！」

「ラルフ！　お前どこから現れた！」

「あなたたち、心配したのよ。無事でよかった。さっきひどい地響きがあって……」

リュウや、ゴス、イーラたち、公安局の局員たちが突然姿を現したサリたちに驚きの声をあげるが、サリの耳にはろくに届いていなかった。

山から風が下りてくる。


――サリ！　帰ってきた！

――私たちの子が帰ってきた！

――サリ、お帰り、サリ！

――銀色の子と夜の子がどれだけ暴れたことか！

――夜の子とお別れしたんだね。

――ああサリ、お前に話したいことがたくさんある。

――山をめちゃくちゃにしおって。

――こっちに来てサリ。水遊びしよう。

――声を聞かせて。サリ。

――私たちの子。


サリの周りを小さな風がいくつも巡《めぐ》り、長い髪を弄《もてあそ》ぶ。

風たちの声、水たちの声、土たちの声。木々の音色。

ずっとサリの世界から消えていた、愛《いと》しく、親しい声たち。

驚くべき数の精霊たちの歓喜の声がサリを押し包み、頭上から幾重《いくえ》にも散らされる花吹雪に
サリはぞくぞくと喜びが込み上げてきて、空を見上げて堪《たま》らず叫ぶ。

「みんな……ただいま」


――呑気《のんき》なことを言っとる場合か！　呆《ほう》けてないで、まずお前のすべきことをしろ、サリ！


感情が上ずり掠れた声のサリに怒鳴りつけたのはスクードだ。

周囲にいた精霊使いたちが一斉《いっせい》に肩をびくつかせるほどの声に、さすがのサリも我に返る。

隣では、ラルフが己の指先に魔法の光を灯《とも》して同じように我を忘れていたから、その腕にそっと触れた。

びくりとサリを見たラルフは奥歯を噛み締めるような表情をしたかと思うと、頭に花びらを

散らしているサリを無言で強く抱きしめた。その背中を、サリも強く抱きしめ返す。

とても、言葉にはできなかった。

目の前で花まみれになったエトが、赤い鼻の頭をして笑っている。

「サリ、精霊たちのこの混乱ぶりはなに？　声がまるで拾えないわ！　一体なにが起きたの！」

「イーラ、北側で崖崩れが起きている。西側の滝の水量が増して、もうすぐ決壊するだろうから人を回してほしい。私とラルフは西に回って土砂《どしゃ》崩れに備える。新たな声が拾え次第イーラに報告するが、すぐに精霊たちも静まるはずだから、落ち着いて彼らの声を聞いてほしい」

「サリ、行くぞ」

直《す》ぐに馬を調達してきたラルフがサリに手を伸べる。

その手を迷いなく取りながら、サリは自分が育った山を見つめた。

今度こそ、守ろう。きっと守ることができる。

もうサリは、ひとりではなかった。

終

風がやわらかく窓を叩く音で目が覚めた。

起き上がり、一度大きく伸びをしてから窓を開け放つと、潮の香りと共に心地の良い風が部屋に入ってくる。

「おはよう」

サリの髪に軽く戯《たわむ》れていく風たちに声をかけて、同時に、窓のすぐそこ、手の触れられる位置にまで枝を伸ばしてきたクスノキにも声を掛ける。かつて、近づいてきてくれるのは嬉しいけど窓を破らないでおくれよ、とサリがお願いした通り、クスノキは窓辺に触れる間際でぴたりとその枝を伸ばすのを止めた。

服を着替え、髪をいつものように手早くひとつに編むと、サリは自分の寝台の隣に声を掛ける。

「エト、そろそろ起きよう。今日は早く出掛けなきゃ」

サリの声に、寝台の隣にもうひとつ並べられたサリのものよりひとまわり小さな寝台でむくりとエトが体を起こした。その頭上では風の精霊たちがおはようおはようと騒いでいる。

眠そうに目をこすっていたエトだが、サリが既に着替えているのを見るとはっとして、慌てて身支度《みじたく》にかかろうとする。

「そんなに急がなくても大丈夫だよ。朝ごはんの用意をしているからゆっくりおいで」

「うん。サリ、おはよう」

挨拶《あいさつ》を忘れていたのを思い出したのか、律義《りちぎ》に告げるエトにサリも笑って返す。

「おはよう、エト。今日もいい天気だよ」

台所に立ち、パンケーキに目玉焼き、果物《くだもの》を用意する。

自分ひとりの時には朝は果物を丸かじりして済ませていたが、エトと一緒に住むようになってサリの生活も随分《ずいぶん》と変わった。リュウやラルフやイーラやその他多くの人々が、子供との暮らしについてあれこれと熱心に教えてくれるからだ。

食卓に配膳《はいぜん》を済ませた頃エトが階段を下りてきて、パンケーキを見つけて目を輝かせた。ふたりで机に向かい合わせになって朝食をとる。

「今度は、南の方へ行くんだよね」

エトはパンケーキの上にジャムをたっぷり乗せると嬉しそうにかぶりついた。この一年で頬は子供らしくふっくらとして、肌もつやつやと輝いている。

サリが食べていいよと言うのを待ってから食べる癖《くせ》もなくなって、時々は、好きな食べ物を遠慮《えんりょ》がちにねだってくるようにもなった。

パンケーキはエトの好物のひとつだが、今日作ったのには理由がある。ちょっとしたご機嫌取りだ。

「ああ。十日ほどで帰ってくる予定だ」

「でも、前もそう言って一ヵ月帰ってこなかった」

目玉焼きをつつきながらエトが拗《す》ねるようにこちらを見上げたから、サリは苦笑して小指をエトの前に差し出した。

「約束はできないが、なるべく早く帰ってくるように努力する」

「ケガしないでね」

少しの間エトは唇を尖《とが》らせるようにしていたが、すぐにサリの小指に自分の小指を絡ませて、心配そうに言った。

長期間留守にした後に会うと、サリもラルフもエトの鋭い確認の目から逃れられない。精霊たちもエトの味方をするものだから、些細《ささい》な怪我であっても隠し切れないのだ。大きな怪我を負って帰るとエトがたちまち顔を白くして心配するから、お陰でサリもラルフも自身たちがなるべく怪我をしないよう、随分慎重《ずいぶんしんちょう》に動くようになった。

「気をつけるよ」

「あとで髪を結んでくれる？」

「いいよ」

初めて会った時には男の子のように短く刈られていた髪の毛も今では肩につくほどまで伸びて、ある日サリが戯れに髪をひとつに結ってやるとすっかりそれが気に入ったようだった。もっと伸ばして、サリのようにひとつ編みにしたいのだと言っている。

真っすぐに自分を慕《した》ってくれる存在というものが、サリにはくすぐったいのと同時にありがたいと感じられる。

片づけを済ませ、しばらく留守にすることを表のクスノキに伝えてふたりで木の幹に抱き付き、ひとしきり木の音色を楽しんだ後、荷馬車に乗って丘を下りた。

公安局に荷馬車を預けていると、リュウがやってきた。

「サリ、今日からカグヤ県だったよな。気をつけて行ってこいよ。エト、移動遊園地が来てるから週末に行ってみないか？　友達も誘っていいぞ」

「いいの？　あの、じゃあ、今日、ミチルにきいてみる。いっしょに来てくれるかな」

ぱっと頬を赤くした後、エトは少し心配そうな顔をする。

「用事がなければ来てくれるさ。誘う練習してみるか？」

「うん」

真剣に頷くエトを笑顔で見守るリュウに任せて、サリは局舎の自身の部屋へ荷物を取りに入る。

エトが精霊使いの子供たちが通う王都ザイルの学舎へ入学したのは半年前のことだ。

白銀《しろがね》と別れ王都に戻った後、エトはサリの家で共に暮らすようになったが、数ヵ月してサリがゆっくりと仕事に復帰し始めると家でひとり留守番することになるエトを周囲が非常に心配して、学舎に入れてはどうかと提案してくれたのだ。

サリもエトもひとりで過ごすことになんの心配も不安もなかったが、エトに同じ年頃の友達ができるかもしれないと聞かされてふたりは決心した。

オルシュに山で育てられたサリはもちろん学舎というものに通ったことがない。エトもそうだ。

だからエトが学舎に通うことが決まってからは、本当に周囲の人々に世話になった。

なにせサリは学舎に子供が通うために必要な最低限の道具さえ知らなかったのだから。

「サリ、来てたの。今日から長期出張だったわよね。エトは宿舎に泊まるの？」

「ジル、おはよう。ああそうなんだ。イーラやリュウに頼んであるんだが、もしなにかあったら助けてやってほしい」

「もちろんよ。うちの子もまた遊びたいって言ってたから、許可を貰《もら》えたら遊びに連れていってもいいかしら」

「喜ぶと思う。ありがとう、ジル」

「そんなこといいから、怪我せずに早く帰ってきなさいよ。エトが寂しがるから」

局舎の階段ですれ違ったジルは、〝魔物騒動〟の際に現場に来ていた公安精霊使いだ。あの騒ぎを機にサリとエトを随分気に掛けてくれるようになり、エトとそう変わらない年頃の子供がいることもあって、エトの服をどこで揃《そろ》えられるのかとか、学用品はどこの店で買えばいいとか、戸惑うサリを積極的に手助けしてくれた。

実は、そんな同僚たちが他にもたくさんいる。

現に今も、廊下を歩くサリに次々と挨拶の声が掛かるし、長期出張に出ることを知っている人たちからは気をつけてと気遣《きづか》われる。エトのことは皆で見るからと言ってくれる者もいる。そのどれにも丁寧に言葉を返して、自室に置いてあった荷物を手に取り、上司に出張に出る挨拶を済ませると局舎を出た。

表にいるはずのエトとリュウの姿が見えないが、サリは慌てず局舎の裏庭を覗きに行く。

案の定《じょう》、そこには木の幹に抱き付いて耳を寄せているふたりの姿がある。思わず口元がほころんでしまうのは、その場でそんな真似をしているのがエトとリュウだけではないからだ。抱き付くまではしなくても、木に背中を預けて気持ちよさそうに目を閉じていたり、そっと耳を当てているのは、他でもないサリの同僚たちだった。

『あの音が聞けただけで、そんな悪い経験でもなかったぞ』

すべてが終わった後、白銀によって一度は魂《たましい》を奪われかけた人々に頭を下げたサリに、リュウはけろりとしてそんなことを言った。

魂をむりやり奪われたこともよく覚えておらず、とても綺麗な光に囲まれて波の上をたゆたっていると、今までに聞いたこともない美しい音色が聞こえてきて、うっとりと聞き入っているうちに目が覚めたらしい。

辺りを見回せば公安局局員もデューカの私設護衛隊員も皆が夢うつつの顔をして身を起こしており、あれはなんの音だったのだろうとしきりに話し合っていたのだそうだ。心が穏やかになって、いつまでも聞いていたい音だったと。

『だから突然目が覚めた後も、皆すごく満ち足りた顔だったぜ。水の声を聞く俺が、本当に木の音色を聞くことができるなんて想像もできなかったけど、あれは嬉しかったなあ』

余程鮮烈な印象だったのだろうか。実際、あの音がもう一度聞きたいと、王都に戻ってからサリに質問に来る公安精霊使いが何人もいた。ラルフは公安魔法使いの同僚に頼まれて、木の音色を何度か魔法で再現もしたらしい。だがなにかが違うと言われ、もう二度としないと怒っていた。

あの場に居合わせた人々に恐ろしい記憶や不快な記憶だけが残り、バクに対する悪印象が刻まれたのではと危惧《きぐ》したサリだったが、皆、自身の体験を、とても不思議で少し恐怖も感じたが得難《えがた》いものと位置付けて、話を聞きたがる人々に面白《おもしろ》おかしく語っているようだった。

はじめはリュウやイーラたちがサリやエトを気遣ってくれているのだと思っていたが、王都に帰ってからも何度も何度も、木の音色が本当に綺麗だった、不思議で、懐かしくて、でも初めてで、と話す多くの同僚たちの姿を見ていれば疑うことが馬鹿馬鹿しくなって、そんな風に喜んでくれるのを喜ぶことにした。

あの件をきっかけに、木の音色を聞くことができるようになった公安精霊使いも出て、自然の奏《かな》でている音を聞くことはこの一年で公安精霊使いたちの間でちょっとした流行になっている。

同時に、これまでは謎《なぞ》に包まれていたサリの過去もすっかり人に知られるようになり、王都に戻ってから人々の自分を見る目が変わったことにサリはしばしば居心地の悪さを覚えた。

「可哀相《かわいそう》な子」と同情され、だからと親切にされることに少なからず拒否反応が起き、これまで同様冷たい態度で接する人々の方に好感が持てると思うこともあるほどだったが、イーラに言われて考えを改めた。

『したたかになりなさい、サリ。あなたひとりなら好きなように振る舞えばいいけれど、今はエトがいるのよ。今更《いまさら》同情されるのは本当に鬱陶《うっとう》しいでしょうけど、エトが穏やかに過ごせる場所を作るために、利用できるものはなんでも利用するくらいの気概《きがい》を見せなさい。あなたにはエトを連れ帰ったことに対する責任があるのよ』

バクにまつわる騒動は、未《いま》だこの国の地方に残る精霊使いへの無理解と迫害を、多くの公安局局員に知らしめた。

これまで距離を置いていたサリに突然手のひらを返すような態度を取りづらい人々も、子供であるエトには非常に同情的で親切に振る舞ってくれる。これは確かに、ありがたいことだった。

エトが人に慣れることができるように、同じ力を持つ人々が多くいることを知ってもらうために、サリはカルガノの許可を得て時折エトを局舎に連れていった。

よろしくお願いしますとこれまでさして交流のなかった同僚たちに頭を下げて、エトと一緒に同僚たちの仕事を見せてもらったのは、恐らくサリのためにもよかったのだ。

『あんた、思ってたのと随分違うな』

『よく分かったわ。あなた、圧倒的に言葉数と表情筋の動きが足りないのね。なんだか勝手に苛々《いらいら》していた私が馬鹿みたいだわ』

エトと共に行動しているとそんな言葉をかけられることが増えて、エトを介《かい》してサリを理解してくれる人が現れ始めた。

『エトのお陰です』

しみじみと呟いたサリに、イーラとリュウが呆《あき》れたように顔を見合わせたことがある。

『それもあるでしょうけど、サリ、最近あなたに精霊の声について尋ねてくる人が多いでしょう？　サノ村での山崩れを防ぐために力を尽くしたあなたを知って、あなたが公安精霊使いとしてなにをしようとしていたのかを知って、あなた自身に対する考え方を改めた人も多いのよ。エトのお陰ばかりじゃないの』

サリはイーラの言葉にかっと赤くなった。

新月《しんげつ》たちが去った後、山崩れを防ごうと奔走《ほんそう》したサリは、村に大きな被害を出すことなく事を終えることができたと聞いた瞬間から子供のように泣き崩れ、そのまま疲れ果てて意識を失うようにして眠ってしまったのだ。

気が付いたら二日ほど経《た》っていて、目が覚めると周りにいたイーラを始めとする同僚たちがよってたかって親切にしてくれた。

だからあれは、サリにとって最後まで他人様《ひとさま》に迷惑をかけた記憶でしかない。

『お前、山崩れを対処《たいしょ》した時の噂《うわさ》知らないのか。ほとんどの公安精霊使いの耳が使い物にならない中でお前があらゆる精霊の声を拾い続けたとか、精霊は本来人には添わないものだけど、サリは精霊たちに協力を得ることができるとか、あいつは本物の精霊使いだとか』

『精霊たちに協力を得ることなどできない。リュウだって知っているだろう』

サリは自分の頬が更に熱くなるのを感じて慌てて否定したが、確かに、サリに精霊について尋ねてくる同僚は増えた。サリが内心緊張しながらも丁寧に答えるうちにその数は増えつつある。そして、そんな風に人が声を掛けてくれることをサリは密《ひそ》かに嬉しく思っている。

「エト、そろそろ学舎に行こう。遅刻する」

サリが声を掛けると、エトがぱっと顔を上げて駆けてくる。

「今日はミチルと遠くの場所のお天気を当てる約束をしてるんだ」

「そうか。今日は東からの風が強いから……」

「言っちゃダメ！　ずるはしない約束なんだよ」

「悪かった」

学舎に通い始めた頃はがちがちに緊張していたエトも、次第に慣れて友達ができた。はじめは友達とどう遊べばいいのか分からないと泣かれてサリも途方に暮れたが、そこはリユウたちが助けてくれた。エトを通して学舎で子供たちがなにを学ぶのかを知り、今更、サリ自身が人付き合いまでも学んでいる気になる。

喧嘩《けんか》をしたとか、小さな贈り物をもらったからお返しがしたいとか、皆の知っている遊びを知らないから知りたいとか、一緒にお菓子を食べたいとか、誰もが知っているお話を覚えたいとか、そんなことをエトが伝えてくる度《たび》に、不思議と自分が満たされる気持ちになるのだ。

サリ自身、どうしたらいいのか分からず周りに尋ね、周りが呆れたり笑ったり面白がったりすることさえ、最近は楽しいと感じている。

「ラルフだ！」

学舎の門が見えたと思ったら、サリの手を離してエトが駆け出した。ラルフが、こちらに向けて片手を挙げている。

「どうしたの？」

飛びつくエトを難なく抱《かか》え上《あ》げると、ラルフはエトの腕に小さくない袋を手渡した。

「顔を見に来たんだ。あとこれはハザーから。お前の好きなチョコレートマフィンだ。友達と休憩中《きゅうけいちゅう》に食べろ。授業中は駄目だ」

ハザーはラルフの家の世話人をしている老女で、エトのことを殊《こと》の外可愛《ほかかわい》がり、気にかけてくれている。縫《ぬ》い物《もの》が上手《じょうず》で、エトのためにと幾《いく》つも愛らしい服を縫ってくれた。サリが子供の喜ぶ食べ物を知らないと言うと、詳細《しょうさい》なレシピと共に実物を作って振る舞ってくれる。まだエトが学舎に通う前、サリが仕事の間、エトがひとりで家にいるとラルフから聞いて心配し、山ほどサンドイッチやお菓子をバスケットに詰めて訪ねてきてくれたのもこの人だ。

もともと仕事で仕方なくラルフの自宅を訪ねていくサリに対しても親切な人だったが、バク騒動の後からはより積極的な好意を受けていると感じるようになった。

『ラルフ様はずいぶんやわらかく、思慮《しりょ》深くなられました。サリ様とエト様のお陰です』

そんな言葉をもう何度となく聞いていて、その度にサリは恐縮してしまう。

だが確かに、ラルフは変わったと思う。

サリに対してはもちろん、精霊使いたちに対する態度がとても丁寧になり、居丈高《いたけだか》なところがまったくなくなった。

自身の経験を同僚である公安魔法使いたちに語り、精霊の声を聞くというのがどういうことか説明して、精霊使いの仕事の難しさについて理解を示し、そのことで一部の公安魔法使いたちから強い反発を受けているという。

隣接する宿舎の管理人にエトの荷物を預けて帰ってくると、ラルフがこんこんとエトに言い聞かせているところだった。

「困ったことや不安なことがあったら、すぐにリュウかハザーに言えよ。ハザーが二日に一回は宿舎に寄ると言っているから、欲しいものも言え。ほら、しっかり勉強してこい」

サリはエトが楽しく学舎に通っているならそれでいいと思っているが、ラルフはエトの学習進度や理解度について細かく尋ね、エトが分からないところがあると言えば熱心に教えている。

サリはそれを自分も隣に座って聞くのが好きだ。

「怪我しないでね。ジーナもそう言ってるからね。気をつけて行ってきてね」

ラルフの首に一度強く抱き付くと、エトはサリも同様に抱きしめて学舎へと駆けていった。

友達を見つけて手を取り合う後ろ姿が建物の中に消えるまで見送ると、サリとラルフは軽く目を合わせて学舎を後にする。

「カグヤまで一日半だな。案内は？」

「リョクという人がカルガノ局長のところで待っているらしい」

「今度は〝呪いの子〟だったか？　双子らしいな」

「ああ」

「早く行ってやらないと」

眉《まゆ》を顰《ひそ》めるラルフの胸元で、水色の石が喋《しゃべ》っている。

――夕べも遅くまで資料を集めて読み漁《あさ》ってて、ほとんど寝ていないのよ。まったく、困ったものだわ。

呆れた声の中にも心配が滲《にじ》んでいて、サリは小さく笑う。

「ジーナがまた余計なことを言ったんだろう」

「ジーナはあんたに関することで余計なことはひとつも言わないよ」

ぎろりと睨《にら》んできたラルフだが、サリの言葉におとなしく口を噤《つぐ》んだ。

その横顔を眺めながら、一年前を思い出す。

白銀から念願だった自身の力を返してもらった後、誰よりも落ち込んだのがラルフだった。

帰ってきた力に興奮してサリやエトを抱きしめて、ラルフが次に叫んだのはジーナの名だった。

『ジーナ、見ろ、これが俺の力だ！　おい、ジーナ、聞いているのか？』

――馬鹿ね。もうあなたに私の声は聞こえないのに。

自分の力が返ってきたということは、もうサリの力は使えなくなるということ。

そのことに気づいた時、ラルフの顔から一瞬表情が消えたのをサリはよく覚えている。

水色の石を一度固く握りしめて、そうだったな、とぽつりと呟いた。礼もまともに伝えていないのにと悔《くや》しそうな顔をした。

分かっていたはずなのに理解できていなかった、とラルフが後に言ったことがある。

無我夢中で山崩れへの対処をするラルフの魔法は、これまで使うことができなかった鬱憤《うっぷん》を晴らすかのように見事なものだったし、サリは改めて、ラルフが力ある魔法使いなのだということを実感した。

見事に山崩れを防ぎ、自身の力を取り戻し、民を〝魔物〟から守るために命を懸《か》けて勇敢《ゆうかん》な働きをしたと、皆から褒《ほ》められる中でラルフはいつものように誇《ほこ》らしげな顔は一度もしなかった。

新月と白銀がさんざん暴れまわった山の後始末をしながら歩いている時も、まるで初めて来る場所のように何度も辺りを見回していた。

王都に帰ってからもラルフは人々の賞賛に言葉少なに答えるだけで、どこか心ここにあらずといった様子だったのを心配したサリが家を訪ねていくと、苦笑してこう言った。

『世界が静かで、びっくりしただけだ。もともとここが俺の住んでいた世界なのに、静かで、なんだか物足りない。お前の気持ちがやっと少しだけ分かった気がする』

サリはかける言葉を見つけられず、その日はただ黙ってラルフの傍《そば》にいた。

あの喪失《そうしつ》の恐ろしさと果てのない寂しさについて、知っているのはサリだけだった。

短い間に、本当にラルフが精霊たちの声に親しもうとし、実際親しんで、馴染み深くなっていたのだと思うと不思議な気がして、その力を失ったラルフの胸中を思うと心が痛んだ。

王都に戻ってからすぐにサリとラルフには王都守護に戻る話も出たが、ラルフはその返事を保留にしたいと言った。

周囲もラルフの雰囲気《ふんいき》がなんとなく変わったことには気づいていたのだろう。サリにもまだ療養が必要で、またエトが王都に慣れるまでは時間が欲しいと言った、ラルフのその申し出は受け入れられた。

事態が動き始めたのは、王都に戻って三ヵ月ほどしてからのことだ。

バクにまつわる騒動がサリたちの生活にもたらした変化は小さくなかったが、中でも、公安局が〝魔物を倒した〟という噂の影響は絶大なものがあった。

サリの故郷周辺から発した噂話はあっという間にランカトル王国を駆け抜け、全国から、〝魔物〟に関する情報が寄せられるようになったのだ。

『西の山間部にあるハンザという村に、魔物が住みついているそうです。大体、十五歳くらいの子供の姿をしているそうですが、一度話を聞きに行ってもらえませんか』

仕事を依頼してきたのはカルガノで、サリとラルフに穏やかな口調でそう言った。

『こんな話が公安局に山ほど届いていますが、人手が足りていないんです。そろそろふたりにもなにか手伝ってもらえればと思います』

カルガノはサリたちが王都に戻った時、「お帰りなさい。お疲れ様でした」と心からの労《いた》わりを見せただけで、その後、サリやラルフの復帰を急がせるようなことは一度も言わなかった。

時々見舞いと称して様子窺《うかが》いにやってきては、世間話をしたりエトと遊んで帰っていくだけだった。

サリたちはカルガノのその依頼を受け、〝魔物〟の話を聞きに行った。

〝魔物〟と呼ばれていた少年は精霊使いではなく普通の人間だったのだけれど、両親の死後行き場をなくして山に住み着き、いつしか麓《ふもと》の人々に恐れられるようになったのだと分かり、近くの街まで同行して保護してもらうよう手続きをとった。

『ずっとひとりであそこで生きていかなきゃいけないんだと思った』

少年はサリたちと会ってからずっと怯《おび》えた様子だったが、最後に別れる時、涙をひとつぶ零《こぼ》した。

その涙が忘れられず、王都に帰ってからもずっと、サリは少年のことを思っていた。

カルガノが、ランカトル全土から〝魔物〟に関する問い合わせが来ていると言っていたことも。

自分の傍《かたわ》らで安心しきった顔で眠るエトを見つめながら、エトと出会ってから自分に起きた変化について思い返しているうちに、ひとつの思いがサリの中で芽生えていった。

自分の声が届く場所に行きたいと、これより他にひとりで生きていく術《すべ》を知らないからと始めた公安精霊使いだった。だが、ここでサリの願いは十分にかなえられた。サリの声を聞いてくれる人がいて、共に生きる人々がいる。

次は、自分が誰かの声を聞き届けたい。

自分やエトのように、誰かに届いて、と祈りのように発される声を受け取りたい。

新月や白銀のようなバクを彼らが呼び出す前に。

『だから、私はもう王都守護の任には就くことができない。やりたいことができたんだ』

考えて考えて、そのことをラルフに告げるのには勇気がいった。

代々公安魔法使いを輩出《はいしゅつ》した家に生まれ、王都守護の任に就くことを誇《ほこ》りとしていたラルフにこんな話をするなんて無謀《むぼう》にもほどがある。

『パートナーを解消すると言うつもりか』

怒気をはらんだ声で言われて、サリは静かに首を横に振った。

最初はもちろん、そのつもりだった。サリの個人的な目的にラルフを巻き込むことはできない。

だが、ラルフが変わったように、サリも少しだけ変わったのだ。欲しいものには手を伸ばしてみようと思った。ラルフだってサリに何度も言った。言いたいことは、相手に伝わるようにはっきり言えと。

『ラルフも、私と一緒に行ってくれないか。あんたは私のパートナーだし、それに、』

サリの言葉にぎょっと目を見開いて珍しく素直に驚いてみせたラルフは、身を乗り出してきた。

『それに？』

サリは緊張で心臓が大きく鳴るのを聞きながら、極めて真面目《まじめ》に答える。

『あんたは、話すのがすごく上手《じょうず》だから』

『はあ？』

途端に声音が不機嫌なものになり、サリは失敗したかと肩をすくめた。

『エトと話すあんたを見ていつもそう思っていた。ラルフだって私は話すのが下手《へた》だと言うじゃないか。エトみたいな子を相手にするなら、絶対にラルフの力が必要なんだ。あんたは子供にとてもやさしいし。ラルフが王都守護の任務に誇りを持っていることも知っているし、あんたの家系はずっとその仕事をしてきたらしいから、こんなことを頼むのは失礼なのかもしれないけど、エトのような子を助けることだってあんたはきっと誇りを持ってやるだろう？　この仕事には恐らく危険がつきものだから、魔法使いのパートナーはどちらにしても必要になると思う。誰かをパートナーにするなら、私はあんたがいい、ラルフ』

家で何度も練習してきた理由を一息にまくしたてると、ラルフは呆気《あっけ》にとられた顔をした後しばらく言葉を探し、結局大きく息を吐いて、

『保留』

とだけ言った。

その話はそれきりふたりの間で出ていない。

けれどラルフは、それからもカルガノから依頼があれば必ずその任務を受けて、特に、子供

が魔物や化け物と呼ばれて不当な扱《あつか》いを受けるような現場には率先して行きたがった。

公安魔法使いの中でも一流のラルフが、王都守護の任務に復帰せず地方に出てばかりという現状に、口さがないことを言う人々はたくさんいた。

面と向かって、地方の些少《さしょう》な騒ぎにいつまでも関わらずに、早く本来の仕事に戻るようにと、ラルフに助言する人々も大勢見た。

ラルフはそれらの人々を前にする際は、表情を変えずに、時には笑ってさえみせていたけれど、彼の抱く静かな怒りをサリは感じていた。

つくづく、彼は変わったのだとサリは思う。

もう、ラルフの中で王都守護の任務はそれほど重要な位置にない。けれど、サリと違いラルフには一族の誇りや責務というものが課されている。サリのように好きなことを好きなようにするわけにはいかないのだ。

パートナーを解消することは考えたくないが、頭の片隅には可能性として入れておくべきだし、その覚悟もしておかなければならない。

ラルフとパートナーでいたいと思うようになるなんて、自分もすっかり変わってしまったとサリはひとりおかしくなりながらその日もカルガノの執務室の扉を開けた。

そこにはカルガノと、今回の〝魔物〟の案内人らしい人物の姿がある。

一通りの説明を受けた後、案内人を先に執務室から出して、カルガノはサリとラルフに封書を差し出した。眼鏡《めがね》の奥の目がにっこりと細められている。

「ラルフ、お待ちかねのものですよ」

怪訝《けげん》な顔をしたラルフが、はっと目を見開いた。カルガノが手にする書面を受け取ると忙《せわ》しなく開く。

「ラルフ？　なんの知らせだ」

サリが近づくと、その書面を食い入るように見ていたラルフがばっと書面をサリの前に突き付けた。

「いきなりなんだ」

乱暴な仕草に文句を言いながら書面に綴《つづ》られていた文字を読んでいたサリだったが、内容を理解するにつれてラルフ同様、次第に目を見開いていく。

そこに書かれていたのは、王弟デューカからの辞令だった。

「……本日をもって、公安局公安課所属魔法使いラルフ・アシュリー、公安局公安課所属精霊使いサリ・ノーラム両名を公安局公安課特別保護推進官に任命し、特殊な状況下にある国民の積極的な守護、または保護を命じる……これって」

驚いて顔を上げたサリに、ラルフが口の端をにやりと上げてみせる。

「これも皆、新月のお陰だな」

久しぶりに聞いた新月の名前に、サリはふと目元が熱くなりそうになる。

最後の別れの時、新月がひどく苦しそうだった理由はその後判明した。

あの時新月は、人の心をひとつ呑み込んでいたのだ。

サリが呟いた「助けて」という願いを叶《かな》えるために。

目覚めたデューカからは、魔物や異形の生物に対する興味というものが綺麗さっぱり消え去っていた。

ただ魔物退治を視察に来たという記憶だけを持ち、魔物のぶつかり合いで起きた地揺れによる山崩れを防ぐために見事な指揮をとったほどだ。

あの場にいた誰もが、バクがデューカの心を喰ったのだと知っているが、この話は関係者の間で完全に秘されている。

王都に戻ったデューカは自身の催していた〝鑑賞会〟に嫌悪感さえ示し、私設護衛隊を解散させ、国家守護の任を真面目に務める、「兄王の良き片腕」として全《まった》き存在になった。

「デューカ様直々《じきじき》の辞令だ。これでうちの連中も余計なことはなにも言えない」

込み上げる感情を抑えるように強く拳を握り締めながら、ラルフが久しぶりに心の底から笑った顔を見た。

なにが起きているのか理解が追い付かず、呆然《ぼうぜん》として言葉を失っているサリを見てラルフが片眉を上げた。

「なんだよ。お前と俺の仕事は国家公認ってことだぞ。少しは嬉しそうな顔をしろ」

「つまりラルフが、これからも私のパートナーなんだな」

サリの反応が気に入らないのか、不機嫌そうに言いかけたラルフの言葉を遮《さえぎ》るように、サリは確認した。

真剣な顔をして自分を見上げるサリに、ラルフは少しだけ驚いた表情を見せた後、デューカからの辞令を懐《ふところ》に収めて、サリに片手を差し出した。

「返事が遅くなって悪かった。先に言っておくが、俺は俺の意思でこの道を選んだ。公安魔法使いとして、民の声なき声を拾うことも重要な任務だ。だからこれからもずっと、お前が俺のパートナーだ、サリ」

ラルフもサリと同じ気持ちを持っている。

じわじわと喜びが込み上げてきて、差し出された手をサリは固く握りしめた。

――やるならやるとさっさと応《こた》えればいいものを、もったいぶりおって！

サリの右手でスクードが悪態をつく。

――基本的に格好つけなのよね。辞令を貰うためにサリには内緒で必死に駆けずり回ってたのよ。

ラルフの胸元でジーナが澄まして言っている。

おかしくなってくすくすと笑い始めたサリを見て、ラルフが途端に眉を吊《つ》り上《あ》げた。

「またこいつらが俺の悪口を言っているんだろう！　言いたいことがあるなら俺に聞こえるよ

う一度カルガノの部屋にひとりだけ戻った。

「ほら、ラルフ。もう行かなきゃ。カルガノ局長、行ってきます！」

ラルフを執務室から追い立て、自分も一度は扉の外に出たサリだったが、ふと思い立っても

「ジーナはともかく、スクードは絶対に違う！」

「皆、あんたのことが好きなんだ」

うに言え！」

「カルガノ」

初めて会った頃のように名前を呼ぶと、カルガノはなんでしょうと穏やかに応《こた》える。

「ずっと、オルシュの分も私の声を聞いてくれてありがとう」

自分の声が届く場所へ行きたいと願っていたサリだったが、思い返してみれば、そんな風に思うサリの声をずっと聞き続けてくれていた人がいたのだった。

新月にサリを託《たく》されたオルシュと、オルシュにサリを託されたカルガノ。

声を聞くということは、心を拾うということだ。彼女たちのお陰で、サリはこれまで生きてくることができた。そんなことにもやっと気づいた。

サリの言葉に、カルガノはわずかに目を丸くした後、目尻を皺《しわ》でくちゃくちゃにした。

「サリ、これからもあなたの声を聞かせてくださいね。あなたがこれから連れてくる子たちの声も」

「はい」

笑顔で頷き、サリはカルガノの執務室の扉を閉める。

「遅い」

少し先で待っているラルフに向かい、サリは力強く歩き始めた。

―笑って大きくなりましょう―

全国各地から、特殊な事情により保護されてきた子供たちが通う特別学舎にお菓子を届けに寄ると、双子のアミルとテミルが一緒にお菓子を食べようと誘ってくれた。

「相変わらず絶品！　チョコレートマフィン、ハザーが作るのと変わらなくなったんじゃない？」

「まだまだよ。ハザーのマフィンはもっとしっとりして時間が経《た》っても固くならないもの。でもありがとう」

テミルの言葉に私はくすぐったい気持ちになりながらお礼を言った。

私にお菓子と料理の作り方を教えてくれたのは、ラルフの使用人のハザーだ。訳ありで王都にやって来た私のことをとても不憫《ふびん》に思って、本当の孫のように世話を焼いてくれた人で、他にも、裁縫《さいほう》や刺繍《ししゅう》や染み抜きや、生活にかかわる様々なことをなんでも教えてくれた。

「菓子の数、調整してくれてほんと助かる。余ると必ず喧嘩《けんか》になるからな」

アミルはうまいうまいと言いながら、たった三口で手にしたマフィンを平らげてしまった。見ていて気持ちの良い食べっぷりだし、自分の作ったものをおいしそうに食べてくれるのは嬉しい。

「エト、公安局の入局試験受けるの？　そろそろ締め切りでしょう？」

少しずつマフィンをちぎって食べていたテミルが、遠慮《えんりょ》がちに聞いてくる。私は手元のマフィンに視線を落として、曖昧《あいまい》に笑ってみせた。

サリたちに出会った年を十歳とすることに決めた私は、今年十七になった。精霊使いの高等学舎を卒業し、進路を決める年。誰もが、私がサリの後を追って公安局の入局試験を受けることを疑っていないのだけれど。

「まだ、決めてない」

「そう」

テミルは気遣《きづか》わしげに頷いて、私を元気づけるように背中を撫《な》でてくれる。そんな私たちを見て話題を変えようとしたのか、そう言えばと思い出したようにアミルが口を開いた。

「なあ、エトが〝人〟に戻ったきっかけってなんだった？」

いきなりどうしたの、と私が笑うと、まあよく聞けって、とアミルは理由を話し始めた。

「今日、幼稚学舎でちびたちに物語を読んでやったんだ。化け物の姿にされた王子が、捕えた娘の涙で元の姿に戻る話。でさ、思ったんだ。ほら、俺たちみんな、少し前まで〝化け物〟だっただろ？」

口の端をあげてにっと笑うアミルの表情に昏《くら》い影は少しもない。隣で、テミルが自虐的《じぎゃくてき》なことを言う兄に呆《あき》れた顔をしている。たぶん、私も少し困った顔になっていたと思う。

私より恐らくは二つか三つ年下のこの双子は、四年前、サリとラルフがランカトル王国南部のサリョラ県から連れ帰ってきた。

サリとラルフが公安局公安課特別保護官に任命されてから三年目。

精霊たちの声を聞くことや、地域の特異な言い伝えや慣習によって化け物や魔物と忌《い》み嫌われ、迫害されている子供たちを保護し、その子供たちがまともな生活を送り、学業を修めることができるようにと特別学舎と宿舎を立ち上げた年のこと。

双子を忌むべきものとして扱《あつか》う村で、アミルとテミルは十五の年に、村の豊穣《ほうじょう》と安寧《あんねい》を祝う儀式の捧《ささ》げものにされる予定だった。十五になるまでは擬似贄《ぎじにえ》として、村で起きる各種災厄除けに使われる。

日照りが続けば雨が降るまで日を遮《さえぎ》るものなどない大広場に打たれた杭《くい》にくくりつけられ、雨が続けば、橋の欄干《らんかん》から川に提《さ》げられ晴れを請《こ》う儀式が行われた。疫病《えきびょう》が流行《はや》れば病を双子に吸い取らせようと病人たちと同じ部屋に閉じ込められたという。更にふたりが精霊たちの声を聞いたことで「呪いの言葉を吐《は》く」と、口をきくことすら禁じられていた。

一年の締めくくりに、村の豊穣と安寧を願い、すべての災厄が双子の元へ集約されるよう行われた儀式で、雪のちらつく中、薄い衣《ころも》一枚で村の神木に吊《つ》るされたふたりを見かけたというサリとラルフが、奪うようにしてアミルとテミルを連れ帰ってきた。

当時、アミルとテミルは十一歳。

がりがりに痩《や》せていて、目だけが大きくぎょろぎょろしていて、それなのに目の中に光のまったくないその子供たちは、わずかにでも離れたら永遠に会えないとでもいうように互いの手をしっかりと繋《つな》いで、特別学舎に来てから二年間、誰とも口をきかなかった。ふたりを連れ帰ったサリとラルフとさえ！

ただ、最初は学舎でも宿舎でも傷を負った獣《けもの》のように周囲を警戒していたふたりが、隣り合っていても手を繋がず行動するようになり、宿舎のそれぞれのベッドで眠るようになり、食事を隠し持たなくなり、学舎で席について教師の話を聞くようになり、少しずつここでの生活に馴染んでいく様子が見えていたから、サリたちはふたりに話しかける時、返事を請うようなことは決してしなかった。

そしてどんなきっかけがあったのか、三年目に差し掛かる頃、双子は突然話し始めるようになった。なんの前触れもなく、ある日、唐突に。

今ではふたりが口をきかなかったことが夢だったみたいに、アミルもテミルもよく話をして、サリやラルフだけでなく、特別学舎の教師たちや宿舎の世話人、自分と同じ境遇の子供たちを始終笑わせている。

「ちびたちが、まるで自分たちのことみたいだって言い出してさ。自分がどうやって〝人〟に戻ったのか話し始めたんだ。まあ、サリやラルフがどうやって自分を助けてくれたのかって話がほとんどなんだけど。それで、なんとなくテミルと話してたんだ。俺たちが〝人〟に戻ったきっかけのこと」

「聞いてもいいの？」

特別学舎に来る子供たちは、お互いの過去を直接聞き合ったりはしない。

私は、サリやラルフの手伝いをするために、新しく来る子供たちについてある程度の情報を得てはいるけれど、知っていることを本人に伝えたりはしない。

アミルとテミルに問うと、ふたりは同時に頷いた。

「ここに来てからのことすべてが私たちが〝人〟に戻るために必要なもので、本当はひとつには決められないいんだけど、でもはっきりと私たちが今の私たちになることができた呪文があるの」

テミルがその時のことを思い出すようにくしゃりと笑った。

「呪文？」

それこそ物語の中に出てくる言葉のようで、私が首を傾《かし》げるとアミルが得意げに話し始めた。

「ああ。俺たち、ここに来てからずっと口をきいてなかっただろ？　村で、俺たちの口から出る言葉はすべて呪《のろ》いになるって、喋《しゃべ》ることを禁止されていたんだ。意味の分かる言葉を口にすると殴《なぐ》られて、紐《ひも》を噛《か》まされていた」

テミルの顔がわずかに強張《こわば》るのを見て、私は机の上に置かれていた彼女の手を握り締めた。

私たちが過去の記憶から完全に解放される日はきっと永遠に来ない。

「だから、ここに来ても俺たちは喋っちゃいけないと思ってた。俺たちが喋ると、サリやラルフを呪ってしまう。エト、お前のことも、ここにいる他の子供たちのことも皆、呪ってしまうと思ってたんだ」

「そんな……」

からりと明るく話された内容の酷《ひど》さに、私は言葉を失った。

「エト、悲しい顔しないで。今の私たちはもうそんな愚《おろ》かなことは考えていない。どれだけ好きなことを話しても、誰のことも呪ったりしないって分かってる」

昔、ラルフが私の話を聞いて顔を曇らせたり顰《しか》めていた理由が、最近ようやっと分かるようになってきた。

自分がどんな顔をしたのかまるで分からなかったけれど、さっきまで私が握っていたテミルの手が、今度は私の手を強く握りしめている。

そのまま、テミルは安心させるように私の顔を覗き込んだ。

「私たち、本当はサリやラルフや、エトや学舎の皆と話してみたかった。最初ここに連れてこられた時には自分たちになにが起きているのか少しも分からなくてとても怖かったけれど、ここが私たちにとって恐ろしい場所ではなくて、あたたかくて、お腹がいっぱいになって、たくさん眠ることができて、私たちを守ってくれる大人の人がいる場所なんだって分かり始めてからは特に」

私は、サリやラルフが学舎や宿舎を訪ねる度《たび》、誰よりも早く気づいて門の前に立っていたふたりの後ろ姿を思い出した。アミルは火と土の精霊の声を、テミルは風と水の精霊の声を聞く。長い間、互いと精霊たちの声だけを頼りに生きてきたふたりは、恐ろしく遠くからも精霊たちの声を拾うことができ、状況を正確に把握《はあく》することに長《た》けていた。

決して口を開きはしなかったけれど、サリやラルフがやって来るのが分かると授業中でも教室を抜け出して門の前で待っている。直《す》ぐに他の子供たちも、アミルとテミルが駆け出す時にはサリとラルフがやって来ると気づいて教室を抜け出すようになり、教師がサリたちに休憩《きゅうけい》時間か放課後の他は訪問しないでくれと注文をつけるようになったくらいだ。

淡々と話すサリの言葉を前のめりの姿勢で聞いて、ラルフの魔法に目をきらきらとさせる双子が、サリたちのことが大好きなのだと皆知っていた。他の子供たちだってサリとラルフのことは特別に好きだったのだけれど。

「俺たちが一言も話さなくても、皆、俺たちを仲間はずれにしなかったよな。声を出さなきゃならない遊びの時は、笛を使えばいいって考えてくれたし」

アミルが首から提げている木製の笛を楽しそうに掲《かか》げて見せる。同じ形をした、音程の違う笛を、テミルも持っている。アミルの笛の音は低く、テミルの笛の音は高い。

もともとは彼らが生活するうえで助けを求めたい時のためにサリが用意したものだったが、特別学舎に来てからは、もっぱら友達と遊ぶ時のために使われることとなった。

二年前までにこの学舎に来た子供たちは、だから皆、アミルとテミルの吹く笛の音を知っている。ふたりは笛の音を短く吹いたり長く吹いたりすることで、皆と簡単な受け答えまでしていたのだ。

「懐かしいね。それで、どうして笛を吹くことを止《や》めて、喋ることにしたの？」

私が聞くと、アミルとテミルは顔を見合わせてくすぐったそうに、目元をくしゃりとさせた。

「サリが、『俺たちの声を聞きたい』って言ったから」


その日は、サリとラルフが教師たちと特別学舎の子供たちについて懇談《こんだん》するために揃《そろ》って、学舎を訪れていた。

懇談前に少しだけと教室にも顔を出してくれて、子供たちは一斉《いっせい》にふたりを取り囲んだ。

アミルとテミルは学舎で出された課題で満点を取ったことをどうしてもサリとラルフに伝えたかった。だがサリとラルフは特別学舎の子供たち皆のもので、双子だけのものではない。

時機を窺《うかが》っているうちにふたりが教室を去る時間になり、双子は心底がっかりした。

ここの子供たちは誰もがそうだが、サリとラルフに関心を向けられたがり、褒《ほ》められたいと思っていた。

挨拶《あいさつ》ができるようになったこと、食事をきちんととれるようになったこと、文字を読めるようになったこと、書けるようになったこと、ひとりで眠れるようになったこと、服をたためるようになったこと。

どんな些細《ささい》なことでも、ふたりはきちんと目を見て褒めてくれた。サリやラルフの友達で、同じく特別保護官のリュウやイーラたちのように言葉を尽くして褒めてくれるようなことはしないけれど、たった一言「偉《えら》いな」「頑張ったんだな」と言ってもらえれば、それ以上に誇《ほこ》らしい気持ちになれることなどなかった。

アミルとテミルは声を掛けることができないから、ふたりが自分たちに気づいてくれるのを待つか、他の子供を押しのけて自分たちの存在を主張するしか方法がない。でも、そんな真似はしたくなかった。

『追いかけて、これだけ見てもらおう』

アミルはテミルに言い、テミルは強く頷いた。ふたりきりの時だけ、アミルとテミルは言葉を交わしていた。

双子は教室を抜け出してサリとラルフの後を追った。そうして、ふたりが教師らが待つ応接室に入ろうとして、偶然、彼らが自分たちの話をしていることに気づいた。

『……アミルはきっとやんちゃそうで、テミルはおっとりした声をしているだろう。顔立ちがよく似ているから、ふたりとも声も似ているかもしれないな』

『確かに。だがアミルは兄としてずっとテミルを守ってきたんだ。しっかりとして、落ち着いたいい声をしているだろう。テミルも、やわらかい声をした子だと俺は思うぞ』

『ああ、きっとあの子たちはやさしい声をしていると思う。新しく入ってきたスンリのことを、アミルとテミルがとても気にかけているとエトが言っていたんだ。スンリもふたりにはもう心を許しているだろう？　声帯機能に問題はないとどの医者も言うから……いつか、ふたりの声を聞きたいな』

　サリの囁くように願う声が今でも忘れられないと双子は言った。

『そうだな。早くここでふたりが安心できるように助けてやろう。エトだって、俺たちに簡単な我儘《わがまま》ひとつ口にするまでに何年もかかったんだ。気長にいこう。……なんだその顔は』

『あんた、本当に人が変わったなと思って』

『笑うな』


「それまでに、『話すな』とは何百回、何千回となく言われてきたけれど、俺たち、誰かに『声を聞きたい』と言われたのは初めてだったんだ」

「私たち、もしかして話してもいいのかなって、あの時初めて思ったの。だって、私たちを拾ってくれたサリとラルフが言ったんだもの。それにふたりがそれまでに私たちに教えてくれた〝してはいけないこと〟の中に、〝話してはいけない〟が入っていなかったことに初めて気がついたの」

口々に話すアミルとテミルの目が輝いて、頬が薄《うっす》らと赤くなっている。

私は初めてアミルとテミルの声を聞いた日のことを思い出した。

『おはよう』

学舎の門の前で互いの手を固く握り合い、真っすぐな姿勢で立っていたふたりが、私の顔を見て震える声でそう言った日。

アミルの声は緊張して少し怒っているようで、テミルの声はか細かったけれど、初めて聞くのに、ずっと前からふたりの声を知っていたような不思議な気持ちになった。

周りにいた子供たちが一斉に目を丸くした後わっとふたりを取り囲んで、「喋った！」「話せるようになったの？」「もっと話して！」とその場が大騒ぎになったのだった。

知らせを聞いて駆け付けたサリとラルフが、双子の声を聞くなりたちまち目元を赤くして、それぞれこっそりと涙をはらおうとして失敗したこともエトはよく覚えている。

「あの時、俺とテミルは本当に〝人〟に戻れたんだと思う」

「私とアミルの声は誰のことも呪ったりしない。私たちの声を望んでくれる人がいる、って心の底から思えたから」

双子は晴れやかな顔で笑い合って、それでね、と私に再び向き直った。

「エトの話も、聞いてみたいなと思ったの」

「俺たちが会った時にはもう、お前は〝人〟だっただろう？　バクを呼び出したお前は、どうやって〝人〟に戻ったんだ？」

くるくると好奇心を隠さない四つの瞳に見つめられて、私は苦笑した。

「サリとラルフが〝魔物〟を退治して子供を助けた話」は、その後の彼らの活動内容と相俟《あいま》って、この国では非常に有名なのだ。大枠《おおわく》では間違っていないその話の真相を知っているのは、公安局の人々とこの特別学舎の子供たちだけ。

一体、私はいつ〝人〟に戻ったのだろう。

そんなこと、これまでに考えたこともなかった。それでも双子の話は私をとても幸せな気持ちにしてくれて、ふと自分の記憶を辿《たど》ることにした。

七年前まで、アミルが言ったように確かに私は〝人〟ではなかった。

〝気狂い〟〝なりそこない〟〝化け物〟〝魔物〟などと呼ばれ、〝人〟から〝人〟の手に労働力として安く譲《ゆず》り渡されて、時にその家の家畜《かちく》よりも粗末な扱いを受けてどうにか生きていた。

当時私が唯一持っていたのはエトという名だけで、どこで生まれたのか、両親が誰だったのか、いくつになるのか、そんなことは誰も知らなかった。

エトという名でさえ、本当にそれが両親のつけてくれた名だったのか確かめる術《すべ》もない。

家を移る時にだけエトという名が思い出したように使われて、基本的にはどの家でも名を呼ばれることはほとんどなかったように思う。

人ではないものとして扱われている頃、私もそれに納得していた。

自分があまりにも〝人〟とは違っていたので、信じざるを得なかったのだ。

〝人〟には祖父母や両親、兄弟と呼ばれる家族がいてひとつ屋根の下に暮らしている。〝人〟は精霊の声を聞くことができない。

物心ついた頃には既に私はどこかの家の労働力だったので、いくら姿かたちが同じように見えても、とても自分を彼らと同じ〝人〟だと思うことはできなかった。

精霊と話をしているのを見られるとひどく恐れられたり、叱責《しっせき》され、痛い目に遭《あ》う。そうして働く家が変わる。

そんなことの繰り返しで、シロが――白銀《しろがね》が私の声に応《こた》えて現れた時、白銀こそが私の仲間だと、家族だと思っていた。

そういう意味では、サリは私の目の前に現れた初めての、本当の意味での「仲間」だった。

自分以外の精霊使いに会ったのはサリが初めてだったのだ。

それでも、まだ自分を〝人〟だとは思っていなかった。

あの時、サリとラルフと過ごした山での不思議な時間を今でも鮮明に覚えていて、自分のことはやはり、サリとラルフとは違うものだと考えていた。

ふたりが私のことを、まるで〝人〟のように扱ってくれると不思議に思っていたけれど。初めて〝人〟からやさしく扱われて、戸惑って、でも嬉しくて、サリとラルフと白銀とだけあの山でずっと暮らしたいと思った。小さかったのだから仕方がないとサリもラルフも言ってくれるけれど、本当にあの頃は、自分以外の人の気持ちなど欠片《かけら》も考えることができなかった。そのせいで、白銀に決してさせてはならないことを願ってしまったのだ。

白銀と別れた後、サリとラルフは私を王都へ連れ帰った。そしてサリが、私のことを引き取ってくれることになった。

サリの家で暮らすようになってからのことで一番最初に思い出すのは、ベッドのことだ。

サリの家は二階建てで、一階が台所のついた居間、二階にサリの寝室があり、サリは自分のベッドの隣に、私のための小さな子供用のベッドを用意してくれたのだ。

山小屋でもサリやラルフは私を小屋の外に追いやるような真似はせず、自分たちと同じ寝床《ねどこ》を用意してくれていたから、サリが私にひどい仕打ちをするとは思っていなかったけれど、まさか私のためにベッドを用意してくれるとは想像もしていなかった。

サリのベッドより一回りも小さいベッドに眠ることができるのは明らかに私だけで、私は本当にサリの家に引き取られたことを実感して、ほっとしたのだ。

寝床が用意されているということに、自分の居場所があると心底感じられたから。

自分のためだけに設《しつら》えられた寝床というものが夢のようで、初めて自分のベッドに潜《もぐ》り込《こ》んだ後、緊張してうまく眠れなかった。

サリが暗闇の中で笑って、『これから毎日そこで寝るんだから、早く慣れないと』と言うのを聞いて安心した半面、いつまでここで眠ることができるんだろうという新たな不安が生まれたのも確かだった。

定期的に人の家から家へと移されてきた私は、ひとつの家に留まることが想像できなかったのだ。

それでもサリは私が精霊の声を聞くことを知っている。これまでのように、精霊と話す姿が薄気味悪いといった理由で家を移されることはないはずだ。自分にそう言い聞かせていた。

実際、サリの家に引き取られてからの日々は山小屋での日々以上に穏やかで、驚きと、楽しいことの連続する毎日だった。

サリはすぐには仕事に復帰せず、しばらくゆっくりしたいと家にいたから、私は毎日、サリと家の周りを散歩したり、海を見に行ったり、街を歩いて精霊たちの声を聞いたり、クスノキの幹に耳を押し当てて心ゆくまで木の音色を楽しんだり、二日と空《あ》けずサリの家を訪ねてくるラルフやリュウと遊んだりした。

山で出会ったサリの同僚でイーラという人や、サリの後見人だというカルガノという人もやって来て、サリとひとしきりお喋りすると帰っていく。

サリの家を訪ねてくる人は誰一人私を怖がらせるようなことはせず、いつも私のための手土産《てみやげ》を持って、私が話しかけられてうまく喋ることができなくても、サリの家の仕事をこれまでのように多くこなしていなくても、決して責めるようなことは言わなかった。むしろ、小さいのによく働くねと褒められることばかりだった。

まるで、これまでに見てきた〝人〟の子のように。

「それでもまだ、エトは〝人〟には戻っていないんだな」

「でも、分かるよ。ずっと〝人〟扱いされたことがなかったんだもの。急に〝人〟扱いされても戸惑うだけだよね」

身を乗り出すようにして私の話を聞いているアミルとテミルが交互に頷いて、で、続きは？と促《うなが》す。

それからどうやって〝人〟に戻ったの？　楽しい時間が毎日続いて、段々〝人〟に戻っていったの？

「そうかもしれないなあ」

久しぶりに過去を振り返ってみれば、サリと暮らし始めてからの日々は楽しかった思い出ばかりが詰まっている。その時にはとても辛《つら》かったことでさえ。

突然の高熱に倒れたサリに驚いて、サリを助けてと真夜中の道をラルフの館まで駆けていったこと。高熱が下がって目の覚めたサリがラルフから事情を聞いて、私を傍《そば》に呼び寄せ、「心配してくれてありがとう」と抱きしめてくれた時、自分はサリの役に立ったのだとひどく嬉しい気持ちになった。

ラルフは私が夜道を駆けてきたことを本当に心配して、今後なにかあった時のためにと、緊急用の伝達魔法を用意してくれるようになった。封書の形をしたその魔法は、封を切れば緊急事態を告げる信号がすぐさまラルフの元へ届くようになっていて、私が自分で医者を手配できるようになった今でも持たされている。

反対に、私が発疹《はっしん》の出る風邪にかかって熱にうなされた時には、サリが血相を変えて私を抱《かか》えて医者まで駆けて行ってくれた。それまでは、どれほど体調が悪くても苦しくても誰も助けてくれはしなかった。動けないほどになれば、家の人々に伝染《うつ》さないようにと納屋《なや》に転がされ、早く治せと叱責《しっせき》される程度。

発疹が痒《かゆ》くて、体が熱くて苦しかったけれど、目を開ければそこにはいつも心配そうに私を覗き込むサリの姿があった。ひどい臭《にお》いのする軟膏《なんこう》をすぐに良くなるから我慢しろと言いながら、体中に広がった発疹ひとつひとつに丁寧に塗《ぬ》り込《こ》んでくれて、伝染るといけないからと私がサリの傍から離れようとした時にはひどく怒られた。発疹が痒くて、熱が辛くて泣いてしまう私の体や頭をずっと撫でてくれて、ひどい病気にかかったというのに、私は同時に幸せだった。まるで〝人〟の子みたい。そう思って。

あの時に、私は〝人〟に戻ったんだろうか？

その後仕事に復帰したサリは、ラルフと相談して私を学舎へ通わせることにした。当時はまだ特別学舎はなかったから、私はいわゆる普通の精霊使いの子供たちが通う初等学舎に通うことになった。

今思い出しても、あれは本当に大変で、泣いたり、笑ったり、癇癪《かんしゃく》を起こしたり、おかしくて騒がしい日々だった。

『エト、私も学舎というものに通ったことがないんだ。だからあんたに迷惑をかけないようにしたいと思うが、足りていないことがあったら必ず教えて欲しい』

私の目を見て真剣な顔をして告げたサリが、どれだけ緊張して私が学舎で困らないようにと奔走《ほんそう》してくれたのか、多くのことを知ったのはずっと後になってからだ。

初等学舎に通うために必要な衣服や学用品を、学舎の教師からだけでなく、子供のいる同僚たちからも熱心に教えてもらって揃えてくれた。

『初めての場所できっと苦労するだろうから、せめて形だけでもお前が恥ずかしい思いをすることがないようにって、サリなりに必死だったんだろうな。初等学舎の柵《さく》から中庭を覗いて、子供たちの格好や持ち物を睨《にら》むように観察してたから、あいつ教師に身分を提示するよう言われたんだぞ』

リュウやイーラが今でも度々するその笑い話は、もちろんサリにはとても不評だ。

初等学舎では本来中学年に属する年頃だったけれど、同じ年頃の子のような学力がないために私は低学年の子供らの学級に通うところから始めた。

それでもやっぱり、学舎に行き始めても私はまだ〝人〟には戻れていなかったように思う。同じ年頃の子供らが多く通う初等学舎に行ったことで、私は自分が他の子供たちと大きく違うことを実感せずにはいられなかったから。

まず一日中机についていることが苦痛。好奇心を持って大勢から一度に話しかけられることも苦痛。

——どこから来たの？　どうして小さい子の教室でお勉強するの？　なにが得意？　好きな食べ物はなに？　なにをして遊ぶのが好き？

——遠くから。学舎に通うのは初めてで、勉強が遅れているから。得意なのは子守と掃除。好きな食べ物はあまいやつ。遊びは、よく分からない。

子供たちから寄せられる矢継ぎ早の質問に目を回しそうになり、ろくに答えられもしなかった。

子守と掃除が得意だと答えた時、「変なの！　お母さんみたい！」と悪気のない声が言って、わっと皆が笑った。心の奥がひやりとして失敗したと思った。

「変なの」は、よくないことだ。

誰もが知っている物語を知らず、誰もが歌える歌を知らず、誰もが知っている遊びを知らない。

今なら、「教えて」と言いさえすればいいと思うのに、あの時の私は知らないと口にするのがとても怖かった。「変なの！」とまた言われることが震えるほど嫌で、教室の隅で誰とも喋らず過ごした。一緒に遊ぼうと誰かが誘ってくれても、遊び方を知らないことを告げられなかった。

そうして、サリの家に帰って学舎はどうだった？　と尋ねられたら、「楽しかった」といつも答えた。サリやラルフたちに自分が他の子供たちと同じようにできないことを知られたくなかった。

そんな私の様子はすぐに教師からサリたちに伝えられていたのだろう。

ある休みの日、リュウやラルフ、イーラがやって来て、子供の頃にしていた遊びを教えてくれた。鬼ごっこやかくれんぼや、縄跳び。初等学舎の子供たちが中庭で遊んでいたのと同じもの。

『私も遊ぶのは初めてなんだ。よろしく頼む』

サリが頭を下げるとリュウとイーラがお腹を抱《かか》えて笑って、ラルフは呆《あき》れて、サリも恥ずかしそうにしていたけれどちっとも悲しそうじゃなかった。私の手をぐっと引っ張って、よし遊ぶぞ、と短く言った。

皆で走り回って、歌も歌って（ラルフは上手《じょうず》で、サリは下手《へた》だった）、『遊ぶって、なんのためにするのかよく分からないし体力がいるけど、楽しいものなんだな』とサリがしみじみ言うのに、私も頷いた。働いていた家の子供たちがいつも走り回ってなにをそんなに笑っているんだろうと見ていたけれど、理由なんかなくても遊ぶのは楽しいことだと思った。かくれんぼは、精霊たちがすぐに皆の隠れている場所を教えてくれるので私とサリが優勝して、そんなのずるいとラルフが怒った。

ベッド脇の棚にはいつの間にか子供向けの物語がぎっしりと詰め込まれていて、寝る前に毎晩、サリが一冊ずつ読んでくれるようになった。

次の休みにはサリの同僚だという人が、ミチルという私と同じ年の子供を連れてきた。ミチルは母親からなにかを聞かされていたのか、初等学舎で好奇心のままに質問攻めにしてきた子供たちのような真似はせず、ただのんびりと『遊ぼう』と言ってくれた。覚えたばかりの遊びをしたり、ミチルが新しい遊びを教えてくれたり、風の精霊の声を聞くミチルと、お天気を当てる遊びをしたり、どこまで彼らの声が聞こえるか競争したりした。

精霊の声を聞いて遊んだのは初めてで、嬉しくて、ミチルが手を振って帰るのが寂しくて、でもそれをどうやってミチルに伝えたらいいか分からなくて、また遊んで欲しいと言えなくて、引き留めたくてできなくて、私はその日初めて自分の感情を持て余して泣いてしまった。サリが目を真ん丸にして驚いて、どこか具合が悪いのかと必死で聞いてくれたけれど、自分の気持ち一つ満足に伝えることのできない自分が歯がゆくて、腹立たしくて、心配してくれるサリにひどいことを言った。

『友達と遊んだことのないサリには分からない！』

今思い出しても消えてしまいたい気持ちになる。あの時サリはどんな気持ちだったのだろう。サリを傷つけるようなことを言ったと自覚していた私はますます混乱して涙を止めることができなくなった。

困り果てたサリはリュウを呼んで、そうしてリュウがゆっくりと私の気持ちを整理してくれた。

『エトには初めてのことばかりだから戸惑うよな。でも、ひとつひとつ練習していけばできるようになるから心配するな。そのために俺や、サリやラルフがいるだろう？　知らないことは悪いことじゃない』

実際、それからリュウは私に、「友達になりたい時」「遊びたい時」「謝る時」なんかをいくつも教えてくれたのだ。

サリはひどいことを言った私を怒るどころか、『色々足りていなくてすまない』と謝ってくれて、私はまた泣いてしまった。

サリは仕事がない時は私の教室に来て、一緒に机を並べて授業を受けさえした。子供たちがサリを取り囲んで、『大人がここで勉強するなんて変だよ』と言ったけれど、サリは『大人だけど一度も学舎で勉強したことがないから仲間に入れてくれないか』と平気な顔で言った。すると子供たちは納得した顔になって、学舎で勉強したことのない大人のサリの世話を焼こうと張り切った。

私はそんなサリの傍でもうちっとも怖いと思う気持ちはなくなって、早くミチルと同じ教室で勉強したいと家に帰ってからもずっと勉強するようになった。

『ラルフは教えるのが上手だから』というサリの一言でラルフが仕事の合間にちょくちょく私の勉強を見てくれて、私は二年後にミチルと同じ教室に通えるようになった。

サリとリュウが生活や遊びや精霊使いとして生きるための知識を教えてくれて、ラルフはこの国の歴史を始めとする学問と教養を熱心に教えてくれようとした。

そして私が遂《つい》に学力試験に合格して、同年代の子らと同じ教室に入ることができるようになった時。ラルフは山のようなご褒美《ほうび》を用意しかけて、サリからこっぴどく叱《しか》られて拗《す》ねていた。

なにが欲しいと聞かれてサリの山が見たいと答え、ラルフが四方に懐かしい景色を映《うつ》し出《だ》してくれたのも良い思い出だ。山小屋に着いた頃ラルフが生活に馴染めずにいた話や、皆で山菜を採《と》りに行ったこと。あの時見た花々や、食べた木の実。山で聞いた精霊たちの声について、サリとラルフと夜通し話した。とても楽しい夜だった。

そこに至る二年の間には、勉強がうまく捗《はかど》らずにイライラしたり、仕事で長期間家を空《あ》けるようになったサリとラルフに早く帰ってきてほしいと我儘を言って困らせたり、ミチルや他の友達と喧嘩《けんか》をして泣いたり、初等学舎の中庭にある高い木に登ってその実を採っていたらサリが教師に呼び出されたり、本当に本当に色んなことがあって、けれどその慌ただしい日々を過ごすうちに、私はいつの間にかミチルたち学舎に通う他の子供たちとなんの変わりもない普通の子供になっていったような気がする。

「だから私には、〝人〟に戻るための特別な呪文はなかったかもしれない」

長い話の終わりにそう呟けば、アミルとテミルはさしてがっかりした様子もなく笑顔で頷いた。

「きっとエトにとってはサリたちとの生活そのものが〝人〟に戻るためのものだったんだな」

「やっぱりエトは、サリたちに拾われた子供たちの中でも特別ね」

「そりゃそうだろ。サリと同じくらい精霊の声を聞くことができるのもエトだけだし。公安局から高等学舎に入局試験の受験要請《ようせい》が来たって本当なのか？」

「アミル！　余計なことは言わない！」

「いて！　なんだよ。凄《すご》いことだから聞いただけだろ。皆、エトに期待してるってことじゃん。俺も入局要請が来るように頑張るんだ」

無邪気に言い合う双子の前で最後だけ私はうまく笑うことができなくなって、家路についた。

家に帰るとサリがクスノキに抱き付いていていて、少しここで一緒に音色を聞いていこうと言う。

断る理由なんかもちろんなくて、私は右の耳を木に寄せているサリと向き合うように左耳をクスノキの幹に押し当てた。

公安局初の特別保護官となったサリとラルフは精力的にランカトル王国内をまわり、多くの子供らを、時には大人も保護してその存在を世間に知らしめ、彼らに対する理解と関心、多くの協力が必要だと訴《うった》え続《つづ》けている。

実際に保護されてきた子供らを目《ま》の当たりにし、まずは公安精霊使いたちの中に特別保護官を志願するものが出てき始めた。先頭に立って手を挙げたのはリュウや、あの時山に〝魔物〟を討伐《とうばつ》に来ていた人々だった。

王都守護を任され、〝魔物〟討伐の際には長として指揮《しき》を執《と》った公安精霊使いのイーラと公安魔法使いのゴスも、サリとラルフの活動に熱心に協力を申し出てくれ、特別学舎を設立するよう促《うなが》し、王弟デューカの名で特別学舎が開かれるよう根回しした。

他にも、貴族たちからの永続的な寄付の取り付け、国内予算の確保や場所の選定、近隣住民への説明など、特別学舎の運営が可能な限りうまく運ぶよう補佐してくれたのはこのふたりだったそうだ。

王都守護の任を離れ特別保護官となったラルフをよく思わない公安魔法使いたちもたくさんいたらしい。けれど、ひどい目に遭い連れられてくる子供たち、時には大人の存在を目にして考えを改める公安魔法使いたちもまた同様に多く現れ、公安局公安課に属していた特別保護官は、任命から二年後に新たに特別保護課が設立されてそこに属することとなり、サリとラルフが初代課長を務めている。

長となったふたりは特別保護官の指導や事務的な作業にあたることも多くなり、以前よりも王都に留まる時間が長くなった。

もう幼い頃のようにサリとラルフにあまり長い間王都を離れないでと泣いたりはしないのだけれど、家に帰るとサリがいることがやっぱり嬉しくて、私はまだまだ子供なのだと思う。

ゆるゆると心地の良い音色を聞きながら、今日あったできごとを話していく時間がどれほど幸せか。

「……ふたりに私の呪文はなんだったと聞かれたんだけど、私には分からなかった。きっとサリたちと会ってからの全部で、段々〝人〟になっていったんだと思うんだ」

アミルとテミルのしていた、〝人〟に戻る呪文の話をすると、それまで目を閉じて聞いていたサリがぱっと目を開いた。真っすぐに私を見つめる深緑の目を、今は逸《そ》らさず見つめることができる。

じっと私の顔を見て、サリが悪戯《いたずら》っぽく笑った。

出会ってから今日まで、私が喜怒哀楽《きどあいらく》を見せることを誰よりも喜んでくれているサリだけれど、サリの表情だって昔を思えばとても増えた。ラルフとリュウだけじゃなく、カルガノやイーラ、サリの同僚だという人たちがこっそり私に教えてくれたこともある。

『君と暮らし始めてからサリはすごく変わったよ』

と。それは私にとって、いつでもとても嬉しく誇《ほこ》らしい言葉だった。

本当は、私だけが理由ではなくて、ラルフの存在も大きいのだと今は知っているけれど。

サリはここ一、二年でとても綺麗になったと周りの人から評判だ。ラルフは私にサリに言い寄る人がいないか時々確認してくるようになって、サリはラルフの傍《そば》で時々すごく可愛い顔をするようになった。

王弟殿下の覚えもめでたく、結婚適齢期の公安魔法使いラルフにはお見合いの話が次々に舞い込んでいて、けれどラルフはその話を片っ端から断っているとリュウがこっそり楽しそうに教えてくれた（リュウは三年前に結婚して、男の子供が一人いる！）。

私はそういうふたりを見ているのがとても楽しい。ふたりにはもちろん内緒だけど。

瞳をきらめかせたサリが秘密を打ち明けるように、そっと顔を寄せてきた。

「私は、その呪文を知っているよ」

「本当に？」

びっくりして私は身を起こした。サリも身を起こし、本当に、と重々しく頷いてみせた。

「だってエト、あんたは自分でその呪文を唱えたんだ」

「私が？　なんて？」

身を乗り出した私に、サリは微笑んだ。その笑みが懐かしい面影《おもかげ》と重なる。

「『シロ、わたしたちもここでおわかれしよう』」

息が止まった。

「あんたが白銀に言った言葉だよ、エト。あの時あんたは白銀の手を自分から離して、自分で〝人〟の世界で生きることを選んだんだ」

サリは私の顔を見つめたままゆっくりと続ける。

「だからね、これからの大事なことだってエトが自分で決めたらいい。精霊の声が聞こえるからと言って、必ずしも公安精霊使いになる必要なんてないからね」

「……サリ」

なに、とやさしく細められた深緑の目がどんどんぼやけていってしまう。

今までがそうだったように、この人はきっと私の悩みなどとうに知っていて、それでも私が話し出すのをただ待ってくれていたのだろう。

目をぎゅっと瞑《つぶ》って、ずっと胸の奥にしまっていた思いを言葉にするのには勇気がいったけれど。

「……私、お菓子を作る人になりたい」

いつの頃からか、ずっとそう思っていた。

最初はただ、ハザーの作ってくれるお菓子があんまり美味《おい》しくて、また食べたくて、サリにも食べてほしくて作り方を教わった。それだけだった。

忙しいサリの役に立ちたくて食事や掃除をしていたから、その延長のような気持ちだったのだ。

けれど、それまで食べることも満足にできていなかった自分が甘いものを作っている時間の幸せな気持ちや、できあがったものをサリやラルフやリュウたちが目を丸くして食べてくれる瞬間の喜び。友達や、特別学舎の子供たちが自分の作ったもので笑顔になることの嬉しさは、次第に私にとって他に代《か》え難《がた》いものになっていった。

特別保護官になって、私と同じ境遇の子供たちをサリやラルフのように救う。その道を考えなかった日は一日もない。周りも私がその道を進むものと考えていることを知っていたし、サリとラルフに拾われた私だ。その道を進まないことは、恩を仇《あだ》で返すことになるのではないかと苦しかった。

それでも、私は自分の進みたい道を見つけてしまった。

「そう。エトにぴったりだ」

これまでに何度も相談しようとして、予想することもできなかったサリの声がとても明るくて、私は思わず顔を上げてサリの目を見つめてしまう。

サリは笑っていた。心底おかしそうに、私を見ている。

「エトが心の底から笑って大きくなれる道を選んでくれたら、それだけで私もラルフも十分嬉しいんだ。まだ知らなかったのか？」

私は慌てて、大きく首を横に振った。知っているつもりだった。でも、私はまだ全然知らなかったらしい。

声も出せないでいる私の額に、サリが自身の額をくっつけた。

「だからこれからも一緒に、笑って大きくなろう、エト」

それはかつて、私たちのバクが私たちのために願った言葉だった。

久しぶりにサリが私の頭を撫《な》でると、私はもうわんわんと声をあげて泣くことしかできない。

「笑ってって、言ったばかりなのに」

苦笑するサリの腕が私をやさしく抱きしめてくれ、私はただひたすら、子供のように頷き続けていた。

あとがき

河上朔

こんにちは。

この度《たび》は、「声を聞かせて」第3巻を手に取って頂《いただ》きありがとうございます。

最終巻です。楽しんで頂けましたでしょうか。

最悪の関係性で始まったサリとラルフですが、それぞれに成長をしてくれて、信頼し合える関係になったことを本当に嬉しく思っている現在です。書き始めた当初はどうなることやらと思っていたので、ほっとしました。さんざん怖い目や悲しい目に遭《あ》ったエトも、最後まで本当によく頑張ってくれました。

全部自分で書いているのですが、皆さんお疲れさまでしたと、しみじみとそんな気持ちになります。彼らの日々はこれからも続いていくんですけど。

番外篇では彼らのその後を、エトの視点で書いてみました。

皆さんはもうハルカゼ先生の描いてくださったエトをご覧になりましたか?

まあ美人で笑顔が可愛《かわい》くて、最初にラフを頂いた時に「うわ可愛い!」て叫びました。で、次に、幸せそうでよかった……という気持ちがじわじわわいてきてちょっと泣きそうになりました。

サリとラルフたちのその後もほんの少しだけ。

本篇を書いている時にはふたりの関係性が同僚としての強い信頼関係以上に育つ想像がうまくつかなかったのですが、最終回を書き終えて、サリの足が地に着いたのを感じた後でふと、ラルフとの関係が更に変わっていく可能性が見えた気がしました。

一山超えた後で、信頼関係を築いたふたりが新たな関係性になっていく過程を想像するのは楽しいものですね。前作「ガーディアンズ・ガーディアン」を書いていた時もそんな気持ちになって、番外篇を書かせてもらったことを思い出しました。さて、今後のサリとラルフの関係性発展の鍵《かぎ》は、とにもかくにもサリの精神的な成長だろうなと思った次第です。

新年になり、今は寒波の真っただ中です。緊急事態宣言が再度出されて、相も変わらず落ち着かない日々を過ごしていますが、個人のすべきこと、できることは基本的にずっと変わっていないので、きちんと食べて、ちょっとだけ体を動かして（これが一番の課題）、たくさん寝ることを地道に繰り返して過ごしたいと思います。皆さんも引き続き体に気をつけてお過ごしくださいね。

素敵なイラストを描いてくださったハルカゼ先生、辛抱《しんぼう》強く待ってくださる担当様、そして最後までサリたちを見守ってくださった皆様、本当にありがとうございました。

またどこかでお会いできますように。

２０２１年１月

W I N G S ・ N O V E L

【初出一覧】
続・魔法使いラルフの決意：小説Wings '20年春号（No.107）
精霊使いサリと魔法使いラルフの帰還：小説Wings '20年夏号（No.108）
笑って大きくなりましょう：書き下ろし

この本を読んでのご意見、ご感想などをお寄せください。
河上 朔先生・ハルカゼ先生へのはげましのおたよりもお待ちしております。
〒113-0024 東京都文京区西片2-19-18 新書館
[ご意見・ご感想] 小説Wings編集部「声を聞かせて③ 精霊使いサリと魔法使いラルフの帰還」係
[はげましのおたより] 小説Wings編集部気付○○先生

声を聞かせて③
精霊使いサリと魔法使いラルフの帰還

著者：**河上 朔** ©Saku KAWAKAMI
初版発行：2021年2月25日発行

発行所：株式会社 新書館
[編集] 〒113-0024 東京都文京区西片2-19-18 電話 03-3811-2631
[営業] 〒174-0043 東京都板橋区坂下1-22-14 電話 03-5970-3840
[URL] https://www.shinshokan.co.jp/

印刷・製本：加藤文明社

無断転載・複製・アップロード・上映・上演・放送・商品化を禁じます。
定価はカバーに表示してあります。乱丁・落丁本は購入書店名を明記の上、小社営業部宛にお送りください。送料小社負担にて、お取替えいたします。ただし、古書店で購入したものについてはお取替えに応じかねます。
ISBN978-4-403-54227-5 Printed in Japan
この作品はフィクションです。実在の人物・団体・事件などとはいっさい関係ありません。

S H I N S H O K A N